# 第一章

特別対談

# 司馬遼太郎 VS 山折哲雄

## 日本人の心には「天然の無常」が宿っている

しば・りょうたろう
一九二三年、大阪府生まれ。四一年大阪外事専門学校蒙古語科に入学。四三年学徒出陣。戦後、新日本新聞社、産経新聞社を経て作家に。九三年文化勲章受章。九六年二月一二日、逝去。

やまおり・てつお
一九三一年、サンフランシスコ生まれ。東北大学大学院を卒業。宗教学者。国立歴史民俗博物館教授、白鳳女子短期大学学長、京都造形芸術大学大学院長などを歴任、現在は国際日本文化研究センター名誉教授。

## 明治維新という無血革命が実現した理由

**山折**　司馬先生は幕末そして明治を舞台とした作品をたくさん書かれてます。近代国家としての日本の原点は、言うまでもなく明治維新にあるわけですが、政治変革としては、フランス革命やロシア革命と比べて、無血革命に近いですね。

**司馬**　ええ、無血革命と言えます。

**山折**　なぜ無血革命が日本で実現されたかを考えると、その要因の一つに、日本人が伝統的に持っている宗教的背景が見出せるように思えるのです。

イギリスの高名な歴史学者であるトインビーがかつて来日して、歴史学者の貝塚茂樹と対談した折、明治維新が穏やかに成功したのは仏教の影響でないかと言いました。それに対して、貝塚さんは儒教の禅譲の精神を指摘された。しかし、私は仏教でも儒教でもどちらでもないような気がします。

**司馬**　無血革命が実現したのは、いくつかの要因が考えられるでしょう。まず、イデオロギー的には、「尊王攘夷」という明快なスローガンを生んだ朱子学の存在です。最後の将軍徳川慶喜は朱子学の卸問屋的存在だった水戸藩の出身です。朱子学的に善人、悪人を分けていくと、足利尊氏は悪人で、楠木正成は善人になる。慶喜は足利尊氏になりたくなくて、自ら降参してしまった。

次に、社会科学的に見ると、江戸末期にはすでに、武士たちの意識の上では幕府も各藩も一種の法人的な存在になっていて、人間たる君主に対する忠誠心というより、法人に帰属するという考え方に変わっていた。このような社会的変化が、徳川幕府崩壊とそれに続く明治維新をあっさりと実現させた一因になっていると思います。

そしてもう一つ、明治維新できわめて印象的なのは、幕末の志士たちが死に対して非常に淡白であったことです。吉田松陰はその典型です。

松陰は辞世の歌の一つに、親が子を思う心は子が親を思うより強いものであるから、自分の死を親たちはどう聞くだろうかと、非常に心に余裕のある歌を残しています。そこには、宗教性はない、自然に死を直視しています。

志士たちの死に対する淡白さ、いわば捨て身の姿勢が、人を動かし、時代を大きく動かしたのかもしれません。

**山折**　そうした吉田松陰らの死に対する淡白さは、日本人がもともと持っていた宗教感覚と関係があるのではないかと思うのですが……。

**司馬**　私もそう思います。吉田松陰は二九歳の若さで世を去りましたが、人間の一生は年を取って死のうと、自分のように若く死のうと、それぞれに春夏秋冬があるんだと、宗教家でもなかなか到達できないような深遠な境地に達しています。

**山折** それは、一面で、小林秀雄が好んで言っていた「無私の精神」に通ずるものかもしれませんね。心の純粋な状態に対する日本人のこだわりは、非常に強いものがありますね。

## 子規や漱石が到達した宗教的境地とは

**司馬** 余談になりますけれども、例えば、吉田松陰は非常に文章がうまくて、もし生き続けたら第一級の文学者になったろうと思うほどですが、その文章は正岡子規のそれに似ています。子規と松陰、二人の文章に流れるリズムのようなものが共通しているのです。

子規も病床で激痛に堪えながら俳句改革を成し遂げて、三五歳の若さで亡くなります。その文章は、詩人の大岡信さんに言わせると、肌身から出てくる不思議なものがあって、非常に議論しにくいというのです。

**山折** そういえば、正岡子規は「病床日記」の中で、枕元に置いたいろいろな人形と対話していますね。やがて、人形が踊りだす。自分の周辺にあるものとなごみ合うなかから句が出てくる。

私は、あの心境が日本人の原宗教感情からきているのではないかという気がします。

**司馬**　子規が病床から眺めた借家の小さな庭に、当時、流行っていた鶏頭の花が咲いていた。それをそのまま詠んだのが、「鶏頭の十四五本もありぬべし」という穏やかな俳句です。亡くなる二年前。死期が近いことを感じていた頃でしょう。

弟子の高浜虚子は、こんなの俳句ではないと酷評しましたが、これがいちばんいい俳句であるという説の人のほうが多い。ごく自然に出来上がった、この句は「無心」の具象的世界ですね。

**山折**　夏目漱石にしても、『こころ』という小説で、人間の自我の地獄を覗き見て、それを描き切るわけですけど、にもかかわらず最終的には「則天去私」の世界に抜け出ようともがきにもがいている。自我を捨てる「去私」は「無心」や「無私の精神」を求める欲求とつながっていますね。

**司馬**　漱石も、旧制五高で英語を教えていた頃、家の庭にスミレが咲いているのを見て、今度生まれてきたらスミレのような小さな人になりたいという内容の俳句を詠んでいます。

漱石は、明治時代の知識人として立身出世するためのカードをたくさん持っていましたが、それだけにいろいろ苦しんだことも多かったのでしょうね。それにひきかえ、大工の手伝いでもしているような市井の人たちは、楽に暮らし、楽に生涯を送っている。自分も今度生まれてきたら、そんな生き方をしようと考えた。

漱石は、当時、知識人の間で流行っていた禅宗にはさほど興味を持っていませんでした。スミレのような小さな人に生まれてきたいという思いは、やはり、日本人がもともと持っていた宗教的な感覚の表れと見るべきでしょうね。

**山折**　そのような宗教的な感覚を、われわれは宗教とは異なる次元の思想であると捉えてきた。私は非常に不満です。

**司馬**　われわれは明治の知識人が持っていた宗教的な感覚をもう一度掘り下げて、考え直さなければならないかもしれませんね。

## 日本の厳しい自然が無常観を育んだ

**山折**　それに関連して、ちょっと話は飛びますが、先の阪神大震災で、私が真っ先に思い起こしたのは寺田寅彦のことなんです。

一般的には「天災は忘れた頃にやってくる」という警句が知られていますが、それよりも、昭和一〇年に書かれた『日本人の自然観』というエッセーが浮かんだのです。寺田寅彦は次のようなことを言っています。

日本列島の自然は、西ヨーロッパの自然とはまるで違う。西ヨーロッパには、地震がない、台風がない、洪水がない……と、自然が非常に安定している。だから、自然を隅から隅まで合理的に計量して、操作し、征服し、開発することができた。それがヨーロッパの自然科学である、と。

これに対し日本の自然は、地震、台風、洪水、津波……と、物凄く不安定である。それも一〇〇年、二〇〇年の問題ではなく、一〇〇〇年、二〇〇〇年と続いてきた。そうしたなかで、日本人はできるだけ備えはするけれども、しかし、自然が一度暴れ始めたら、もう反逆せずに自然の前に頭を垂れて従順になり、一種の諦めの境地になる。ただし、単にペシミスティックに諦めるのではなく、「天然の無常」という感覚を抱いて対処してきた、と言っているのです。

私は、この「天然の無常」という感覚が、「無私の精神」や、生や死に対する淡白な精神と、どこかで通い合うのではないかという気がするのです。

**司馬**　「天然の無常」ですか……とてもいい言葉ですねえ。外から持ち込まれた大思想によって教えられたのではない、もともと日本にあった無常観。日本列島のいろいろな自然環境、そこから湧いて出た無常観。

無常とは仏教の言葉で、発祥地であるインドでも、受け継いだ中国でも言われながら、いちばんビビッドに生きているのは日本ですね。もとから、「天然の無常」という感覚があったからなのですね。

**山折**　そう思います。日本は、インド、中国を経て仏教を受容しましたが、その仏教の数多くの大思想の中で、日本人がいちばん自然に、そして深く受容したのが無常観だった。なぜなら、もともと風土的に決定され、方向づけられていた「天然の無常」という感覚に重なるものがあったからであると。

**司馬**　その無常観は、吉田松陰や正岡子規、夏目漱石の中にも見ることができますね。

**山折**　日本人が「天然の無常」という宗教的感覚を持っていたことを、科学者である寺田寅彦が地震学を探究するなかで認識したところも、私は非常に面白いと思います。

寺田寅彦はこうも言っています。日本人は自然を見ると自然の中に神が宿っている、人が宿っていると感じてきた、それが日本人の自然観の底に横たわる宗教観であると。

**司馬**　寺田寅彦は当時としては、いちばん感度の高い物理学者でした。関東大震災のときも、調査をするのが自分の責任であるかのように、個人的に調べ回っています。

感度の高い探究の中から出てきた言葉ですから、本当に耳を傾けるに値します。

## 宗教心からでなく人情からのボランティア

**山折**　ここで気になるのが、現代に生きるわれわれの宗教的な感覚です。

**司馬**　そうですね……。例えば、阪神大震災では、宗教家はどれだけ活躍したかという問題がいろいろと書かれましたね。私の身辺から大阪市のお寺にお嫁に行った女性がいましてね。もう高齢の方ですが、隣人が災難に遭ったのだからと、トラックを二台も三台も借りて救援に駆けつけました。

それはお寺としてやるべきことをやったというより、普通の人情のなかでやっていた。親鸞上人とか阿弥陀様とかを持ち出さずに救援の手を差し伸べた。それはとてもいい感じだったんです。

**山折**　宗教家たちも一人のボランティアとして、一人のカウンセラーとして被災者に寄り添おうとした。それは日本全体の世論がそうであったように、その底には人情があったというお説ですね。人情から自然にやっているというのは確かによろしいですね。

**司馬**　よろしいです。

**山折**　ただ、その人情というものが、日本人が古来持っていた宗教的感覚とどこでつながるのか。むしろ、今日の、日本では世俗化した社会と絡まり合って、何となしに無神論的な傾向というか、宗教に対する低い評価が目立ちます。

宗教というものを自覚しない漠然とした感覚、宗教的無関心といったものと結び付いてしまっているような気がするのですが……。

**司馬**　なるほど。今、おっしゃった無神論的な傾向というのは、「神も仏も信じない」という意味での無神論ですね。そのような感覚は確かにはびこっています。

一方、日本人がもともと持っていた宗教的感覚は、実は非常に高度な無神論で、その高度さについていくのが難しいほどの高度さだったとも言えますね。

**山折**　自然の中に神も宿っていれば、人も宿っているという宗教的感覚は、無神論といえば無神論であり、汎神論といえば汎神論ですね。

そうした高度な無神論や、人間の生き方としての淡白な「無私の精神」、そして、ベースになっている「天然の無常」というものに、現代のわれわれは無自覚になってしまった。それはなぜなのか。

明治維新という無血革命が実現した背景には、日本人の宗教的感覚があったのに、それがどう推移したのか。もう一度、明治維新以降の近代国家としての黎明期を振り返ってみる必要があると思うのですが。

## 国家神道は近代日本誕生の歪み

**司馬**　まず、明治維新以降、日本は憲法を持った。憲法を持つということはステートになることです。単にネイションが自然にそこにあるという国ではなくて、法に基づく国家になった。

**山折**　そして宗教に関する国家の政策もつくり上げられていった。その際、いちばん重要な役割を果たした人物が伊藤博文だろうと、私は思っています。

渡欧して、政治・経済・文化のさまざまなシステムを勉強して帰った伊藤博文は、ヨーロッパの近代社会を支えている精神的な機軸はキリスト教であると考えた。キリスト教に当たるものを日本のこれからの国家社会につくりだしていくにはどうしたらいいかという発想で、憲法をつくった。

そこで、「万世一系ノ天皇之ヲ統治ス」という、明治憲法の第一条が出てくるんだろうと思います。

**司馬**　そのご指摘は重要です。ヨーロッパの古い国、スウェーデンやデンマークなどの国旗は今でも十字ですよね。ヨーロッパ各国はその地盤の中に、キリスト教が圧搾空気のようにして浸透している。その上に国家という屋台が立っている。キリスト教的な倫理観および気分の上に国家が立っている。

伊藤博文はそれをつぶさに見てきたのでしょう。日本の旧民法などは、非常にキリスト教的な要素が強い。どこかの異星人がやって来て日本の法体系を点検したら、日本はキリスト教の国だと思うはずです。

しかし、日本にステートをつくり上げるときに、キリスト教に代わる地盤として万世一系の天皇というものを考えざるをえなかったのは、日本の近代の苦しみだと思います。しかも、万世一系の天皇だけでは、明治二〇年代にはまだ思想化できないので、国家神道というものを持ってこざるをえなかった。

**山折**　伝統的神道を一神教化しようとしたわけですね。

**司馬**　天照大神を頂点とする一神教の体系に似たようなものですね。国家神道に仕上げられた神道も気の毒ですが、そもそも国家神道をキリスト教に代わる圧搾空気にしようとしても無理があった。本当に無理がありました。

結局、宗教として普遍性も何もないものにしてしまった。明治維新は、非常に遅れていたアジアで近代化を実現するという試みでした。それを成し遂げるうえでの歪みです。

ただ、日本では歴史上、宗教が人間を飼い馴らすシステムとして用いられたことは、それまで一度もなかったんですね。奈良朝以前に、仏教が日本に入って来たときも、飼い馴らしのシステムとして受容したのではないんです。

確か欽明天皇の時代、初めて隣国の百済から金色の仏像が届いたとき、異国の神はキラキラして荘厳であると、芸術的な捉え方をした。そして、何か病気を治す効き目があるんじゃないかと考えた。つまり、病気治しと芸術的感覚とで受け入れたと思うんです。

これに対して、キリスト教、その母体となったユダヤ教、あるいはイスラム教は、人間とは放っておくと野獣同然になるとして、人間を飼い馴らすために生まれた。ヨーロッパ社会も、実はキリスト教という飼い馴らしシステムの上に成立したわけで、日本とは、宗教の生まれ育ち、素性が全く異なるのです。だから、同じシステムを日本に当てはめようとしても、どうしても無理があったわけですね。

## 日本人の宗教観を表せる言葉が必要

**山折**　ここでもう一つ重要なのが、一神教的なキリスト教を基準にして宗教政策が決められた結果、日本にもともとあった汎神論的・無神論的宗教観が片隅に追いやられてしまったことです。

さらに、追い討ちをかけるように、その後の日本の知識人・指導層は、宗教とはある一つの宗教体系を主体的に選ぶものであるというキリスト教的な考え方を受け入れ、日本人の伝統的な宗教感覚を本質的なものではないと低く評価してしまった。

ところが、宗教体系を主体的に選ぶという伝統は日本人にはなかった。

宗教に対するこの歪んだ考え方が今日まで続き、宗教を信じないという意味での漠然とした無神論的な心情につながっているのではないかと思うんです。これが辛いところですね。


**司馬**　辛いですね。「神も仏もあるものか」という無神論がはびこり、その一方では、いろいろな宗教がごちゃ混ぜの、いわば宗教のよろず屋みたいな社会になっている。

ただそれでも、私たちは大過なく暮らしている。あなたの宗教は何ですかと聞かれ、何教か答えられなくても、人間として心安らかに暮らしている。それはやはり、一〇〇〇年、二〇〇〇年と先人が積み重ねたものが、われわれの中で今でも、たとえ無自覚であっても、受け継がれているからだと思うのです。

問題は、この宗教的感覚をひと言で表わせる言葉、これが日本人の宗教であると説明できる言葉がないことです。国際語で翻訳できるような言葉があらねばならないですね。

**山折**　そこなんです。言葉で表現できないと、結局、日本には宗教と言えるものは何もありませんなどという、相手に理解できない返答になってしまう。それがひいては、現代の日本人の宗教的無関心に拍車をかけることになってしまう。

**司馬**　やはり、英語や、アラビア語や、中国語に翻訳できる言葉として、われわれは自分自身の宗教感覚について説明しなければならないのです。

吉田松陰や正岡子規や寺田寅彦の例を持ってきたって、向こうは聞かないでしょう。ひと言でわかる言葉を考えなきゃいけない、われわれ自身の説明として。

**山折**　それができたとき、初めて、明治維新以降の倒錯したわれわれの自己認識が回復されるのではないでしょうか。

**司馬**　日本人は、宗教の問題については、自分自身で説明がつかないまま近代という時代を歩んだ。日本の近代は歪んでいる。だから、苦しい。今も苦しんでいる。オウムの問題がわれわれの目の前で起きたのはその表れですね。

しかし、自分自身を説明することができたら、明治以降の西欧社会とのややこしいアンバランスな算盤勘定は、全部うまくいきます。プラス・マイナス・ゼロになって、きれいにバランス・シートが成り立ちます。

**山折**　私のいる宗教学界でも、宗教の定義というと、教祖がいること、教義があること、布教活動をしていることの三つぐらいが条件とされていますが、これはヨーロッパの宗教学者の考え方なのです。

これからの宗教は、ひょっとすると、教祖もいない、教義もない、布教活動もしない、風のごとく人々の間をさすらう宗教的人格が、そこはかとなく、いたるところに存在するというものに転換していくかもしれない。

**司馬**　そうなれば、とてもいい感じですねえ。

**山折**　まずは、われわれ日本人が宗教感覚として、とてもいいものを持っていることを認識する必要がある。

**司馬**　日本人は他の宗教、例えばカトリックの総本山バチカンに行くと、クリスチャンでもないのに、きれいな心、いい顔になって出てくる。それは、とてもいい感じの宗教感覚を持っているからです。

**山折**　そもそも日本人は、特定の宗派や、特定の宗教に帰属して、その教義に基づいて生きるなんていうのは、実は嫌いなんですよ。

**司馬**　そうです、嫌いです。

**山折**　宗教的な教会とか、宗教的なセクトに帰属するのではなく、宗教的な自然感覚とでもいうのでしょうか。こういうものを大事にしていきたいし、これからの未来を拓く重要な宗教感覚として、国際社会にも生かしていきたいと。

**司馬**　ぜひ、そうしたいですね。日本人の宗教感覚は、例えば、どこかの山に入って、谷間を見て、美しさとか、懐かしさを感じたりする精神の中に入っているわけですからね。

私たちは非常にシャイな民族ですが、とてもいい感じの宗教感覚を国際社会に生かして、世界に一つの調和を与えていく役割を担ってみないかと、今の日本の若い人たちに向かって言えそうですね。

**山折**　その意味では、非常に面白い時代がやってくる気がします。

**司馬**　面白い時代です。われわれは自分自身を説明する言葉を持てば、二一世紀は日本人にとって、割合やり甲斐のある時代になると思いますよ。（了）

（この対談は大幅加筆修正のうえ、ＮＨＫ出版から『日本とは何かということ――宗教・歴史・文明――』司馬遼太郎・山折哲雄として、一九九七年に刊行された）

# 第二章

特別インタビュー

# 故司馬遼太郎夫人・福田みどり

## あの人は本当に命懸けでやっていた

聞き手・青木彰　元産経新聞社取締役

ふくだ・みどり
一九二九年、大阪府生まれ。故司馬遼太郎（本名・福田定一）氏の夫人。産経新聞社勤務時代の五九年に司馬氏と結婚。二〇一四年一一月一二日、逝去。

## 亡くなった直後より今のほうが辛い

**青木**　司馬さんが亡くなられてもうすぐ一周忌（一九九七年二月一二日）ということで、この一年間みどりさんにどんな変化があったのかということからまずお訊きしたいのですが。

**福田**　昨年（一九九六年）二月の頃というのは無我夢中でしたでしょう。夢の中で嵐に遭っているような感じで、自分でも明らかに異常だったと思うんです。異常ななかでも、ちゃんとしなきゃいけないという気持ちが常にありました。ところが、そういう時期が過ぎて、近頃気がついたんですけど、季節が移り変わるように、私の気持ちも随分と変わっていますね。

**青木**　どういうふうに変わったんでしょう。

**福田**　そうですね。どこがどう変わったのか。あらためて考えるとうまく言えないんだけれど、今のほうが辛いの。例えば、青木さんがうちにいらっしゃるでしょう。前は「青木さんがいらっしゃいましたよ」と言って反射的に書斎のほうに行きかけていたのが、最近はそれがなくなりました。つまり、もういないんだということがはっきりしちゃったんですよね。だから辛いという点では、亡くなった頃より今のほうが辛い。知り合いで奥様を亡くされた方がいて、お手紙に「去る者は日々に疎しと言うけれど、あれは嘘だ」と書いてこられて、ああ、本当にそうだなあと思いました。

**青木**　みどりさんは司馬さんと四〇年近くご一緒に暮らされて、この頃鮮明に思い浮かんでくるのは、初期の頃のことなのか、それとも比較的最近のことなのか、それはどうですか。

**福田**　最近のことは私が思い出したくないんでしょうね。努めて昔のことばかりを思うようにしてるみたい。だから、滅多に夢を見ないんですけど、たまたま今朝の目覚めに夢を見て、産経新聞のデスクで私が仕事をしていて、司馬さんがどこか取材に出てゆくの。その時の姿は若い時の姿でした。本物の司馬さんよりカッコよかった（笑）。

**青木**　やっぱりお寂しいでしょう。

**福田**　それはね、やっぱり……。司馬さんと一緒にベトナムに行ったときに、産経新聞の元サイゴン特派員でお世話してくださった友田錫さんという方がいらして私にこんなことをおっしゃってくださったの。「思い出を忘れようとしないで、慈《いつく》しんだらどうですか」って。ああ、慈しむねえ、なるほどと思ってそう心掛けてはいるんですけど、なかなかうまくいきません。

**青木**　思い出を慈しむほどには、まだ時間がたっていないということですか。

**福田**　まだ慈しむほどの余裕がないんでしょうね。そのうちに、ボケてみんな忘れてしまうかもしれませんが（笑）。

**青木**　司馬さんが側にいなくなって、いちばん困っていることというのは何でしょう。

**福田**　私が司馬さんと一緒にいてよかったと思うのは、私と司馬さんは同じ場所で笑うことができたんです。同じ場所で泣くことのできる人間はいくらでもいるけれど、同じ場所で笑うことのできる人間はいるようで、なかなかいないものでしょう。

**青木**　それはよくわかります。

**福田**　司馬さんとは、ちゃんと同じ場所で笑え、しかも、その笑う材料というのは、たいてい人様の悪口。

**青木**　悪口と言っても、ある種の人物評価のようなものでしょうね。

**福田**　そうです。決して深刻な悪口だったり、意地の悪い悪口だったりではないの。ただ、それは私たち二人だけに通用する悪口だった。そういうことが言える相手がいることを、ずっと私はありがたいと思っていたのですが、急にいなくなってしまったでしょう。司馬さんがいなくなって私がいちばん困っていることといえば、悪口を言う相手がいなくなったということです。悪口を言うって快感でしょう。そう思いませんか？

**青木**　ええ、そう思います。その悪口というのは二人の間だけで、絶対外には出されないというものだったのでしょうし。

**福田**　絶対に心を許せる人にしか言えない悪口というのがありますからね。でも、本当のことをいうと、司馬さんは決して口は堅くないんです（笑）。いちいちこれは言っちゃ駄目よと、しつこく言わないと人に言ってしまうの。私としては、これは言っちゃ駄目よというような話をしたいんだけど、相手がいないんです。今いちばん不便を感じているのはそれかしら。

**青木**　僕なんか、随分悪口言われたんだろうな（笑）。

**福田**　いえいえ。悪口といえば、もう二〇年近い昔になるでしょうか。松山善三さん、高峰秀子さんご夫妻と一緒に中国を旅行したことがあるんです。けれど、夕食が終わって、さあこれからお酒だと座が盛り上がったところで、いつもご夫妻は中座されるんです。毅然とした態度でお二人とも、ご自分を通されたのですが、私としては、不思議にも思っていたし、いささか白けた気持ちでもいました。だけど、ちゃんと理由があったんです。どんな理由かおわかりになりますか？

**青木**　さあ……。

**福田**　その旅行の帰りに香港に立ち寄ったある夜に、ナイトクラブで松山さんと踊る機会があったんです。その際に松山さんはこうおっしゃいました。「世の中で人の悪口ほど面白いものはありませんね」。ああ、これかとわかったんです。毎夜お二人は、同行者から離れて悪口を楽しんでらしたのよね。そのときに、お二人を人生の達人だと思いました。

**青木**　そして、司馬さんとみどりさんもやはり人生の達人の域に達せられた。

**福田**　それはどうかわかりませんが、それからは、私たち夫婦も悪口を言うのを唯一の娯楽にしていますということを、人前で平気で言えるようになったのは確かです。

## 将来の日本を深く憂えていた

**青木**　司馬さんにしても、みどりさんがいなければどうにもならないし、みどりさんに対する甘えというのがどんどん膨らんでいったような気がしますが。

**福田**　結局、あの人は寂しいのが嫌だったんですね。結婚してから私に仕事をさせたくなかったのは、あの人のダンディズムだとか美意識だとか、いろいろ思ったりもしたのですが、結局は寂しいのが嫌だったんだということに、ようやく最近気がついたんです。本当に、孤独が嫌だったんでしょうね。

**青木**　側にみどりさんがいれば、それでいいというような……。

**福田**　ええ。同じ空気を吸っている中にいれば、それでいいんでしょう。これはおのろけとかそんなんじゃないことをわかってくださると思うんですけど。書斎で一人で文章を書くというのは非常に孤独な仕事でしょう。それで、休憩のときには居間に出て来て、ソファに寝っ転がってリモコンをカチャカチャいじりながらテレビを見ているんです。居間は、ドアホンがピンポンピンポン鳴っているし、電話もリンリン鳴ってとにかくうるさい。そんな雑踏の中のようなところじゃなくて、静かなところで休憩すればいいのにと思うんだけど、司馬さんはその雑踏のようなところが好きだったんでしょうね。

**青木**　今から振り返って、ああしておけばよかったというようなことは何かありますか。

**福田**　そうね、ああしておけばよかったというのは、私にはあんまりないんです。そもそも司馬さんと私の繫がりというか、結ばれ方はほかの男女とはちょっと違うんじゃないか……、そんなことを司馬さんも昔一回言ったことがあるんですが、最近私もそう思うようになりました。

**青木**　それは、私にもよくわかります。

**福田**　だから、具体的なことでお茶を入れてあげればよかったとか、もっと優しくしてあげればよかったとか、そういう後悔が普通はあるものでしょう。それが、私にはあんまりないのね。ただ、終わり頃に司馬さんがずっと、それこそ明けても暮れても、座ってても歩いてても「この国はどうなるんだ、こんなことでは駄目になる」と言って言って言い続けてましたでしょう。

**青木**　本当に真剣に日本という国の将来を心配しておられた。

**福田**　最後に経済評論家の田中直毅さんと雑誌の対談をしてもらったことで、一応はよかったと思っているんですけど、あの頃、誰か話し相手が側にいてくれたらという思いもあります。私には、日常の生活のこまごましたことがありますから、そんなに司馬さんの話し相手ばかりしていられないでしょう。でも、もっと一生懸命話を聞いてあげればよかったかしらというのが唯一の後悔かな。

**青木**　昔は、僕らが日本は駄目だとか言うと、例えば「外国と比べてみろ。日本は明治維新も成功したし、戦後もある程度成功して、まあいい国だよ」といった言い方をされていたように思うのですが、どうですかね。

**福田**　昭和三九年に、東大阪の前の家に引っ越しました。『風塵抄』にも書いていますけれど、そこの横の土地を譲っていただきたかったんですが、持ち主が値上がりを待って頑として手放してくれなかった。それを目の当たりにして「ああ」と思ったところから徐々に変わってきたのではないでしょうか。ただ、まだその頃は小説を書いていましたから、現実の問題に何かを言うことは少なかったんですが。

**青木**　バブルが弾けて、住専問題があって、その頃から、特に日本の将来について発言する機会が多くなられた。それは、小説を書かなくなったことと関係があるのでしょうか。

**福田**　私はあると思います。本人のなかでは、小説と現実の問題は別だったと思うんです。『韃靼疾風録』が最後の小説です。『草原の記』も小説といえば小説ですが、小説を書くのにはたいへんなエネルギーが要るから、もう小説は書かないと言い出しましたね。『韃靼疾風録』のときには『街道をゆく』を書いて『この国のかたち』も書いていた。今ふっと思ったんですけど『この国のかたち』を書いたことが大きな曲がり角になったのではないでしょうか。

**青木**　『この国のかたち』は、やはり転機となる作品ですね。

**福田**　ええ。それからどうしても現実の世の中の動きとか政治、世界といったものに目が行くようになった。後は一目散にそっちのほうに行っちゃったという感じですね。

**青木**　司馬さんに対する評価というのは二つあると思うんです。圧倒的な小説の評価と、むしろ小説を書かなくなってからの日本の将来に対する考え方を示したという評価の二つが。みどりさん自身は、この二つの評価をどう思われますか。

**福田** どちらが好きかということで言えば、私はやっぱり小説のほうです。現実の生生しい世界、世の中のことを司馬さんが言っているときには、あんまり言い募りますから、こちらが聞いていても息苦しくなるんです。

**青木** 司馬さんは、みどりさんに対しても、ずっと言い募っていたのでしょうか。

**福田** そうなんです。例えば毎日散歩に行きますでしょう。近くを歩いて喫茶店に入ってコーヒーを飲んでいる間中、その話をしています。晩年というか、最後の頃は、もうその話しかしない。私は、こんなに一生懸命話をしているのだから、私ではなくもっと話し応えのある人が相手だったらいいのにと思いながら、もうすぐお客様が来るのに、とほかのことを考えていたり……(笑)。そういうことが申し訳なかったと今は思っていますけど。

**青木** 司馬さんは、小説をやめてから後、推敲に推敲を重ねて、という書き方になっていったと思うのですが。

**福田** 昔はほとんど書き飛ばしでした。読み返しもしないで原稿を渡していたという感じで。それが小説を離れてから、書く量が減ったこともあるんでしょうが、丹念に丹念に原稿を見て、色とりどりの色鉛筆で直しを入れるようになりました。原稿を書いているより、読み直す時間のほうが長かったかもしれない。多分、色を選ぶのにも、あの人なりの美意識があったんでしょうね。結構きれいな彩りになっていましたから。

## 司馬文学は「ファイトの文学」

**青木**　みどりさんがいちばん好きな作品はどれでしょう。何度も訊かれたと思うんだけど。

**福田**　『梟の城』は、私が司馬さんのお嫁さんになる前の作品で、一回一回生原稿で読んで、いろいろ話しましたから、こみ上げてくるほど懐かしいし非常に好きなんだけど、一つだけ挙げろと言われれば、やっぱり『竜馬がゆく』でしょうね。当時、司馬さんの作品の最初の読者は私でしたが『竜馬がゆく』の原稿の一枚目を読んだときに、晴れ晴れとした明るい光が射し込んできたという記憶が私の中にあるんです。私たちにとっても、まだまだ未来があって、希望があって、その希望の象徴のように思えました。

**青木**　青春時代に読んでほしいですね。歴史の教科書を読ませるより『竜馬がゆく』

を読ませたほうがはるかにいいと思う。

**福田**　でも『竜馬がゆく』は誇大妄想狂もつくるんです。若い男の子からいっぱい電話が掛かってきました。一人などは司馬さんに会わせてくれるまでは大阪のドヤ街でお酒を飲み続けるんだと言って。だから私は、桂浜でお酒を飲んだほうがずっとせいせいするでしょうと言ったの。そしたら、本当に行ったらしくて、後できちんとした手紙をくれました。その子なんかは大丈夫なんでしょうけど。

**青木**　皆、自分も竜馬になると思ってしまうんだ。

**福田**　そうなんですね。ところで、青木さんは、司馬さんの文学に「何々の文学」というキャッチフレーズを付けるとしたら、どういう言葉を当てはめます？

**青木**　司馬さんの文学について……？

**福田**　牧祥三さんという大学の先輩で『街道をゆく』の文庫の解説をずっと書かれていて、司馬さんが大変敬愛していた方がいらっしゃって、私に手紙を下さったんですが「ファイトの文学だ」と書いてあったんです。ファイトと言われて一瞬たじろぎまして、司馬さんらしくないやと思ったんです。けれども、それからよくよく考えると、やっぱりそうかなと思い始めました。

**青木**　司馬さん自身のファイトであると同時に読者を勇気づけるという意味のファイ

トも含めるなら、確かにファイトの文学ですよ。

**福田**　昔々その昔、お昼に一緒にお茶を飲んで会社に戻る途中で「大阪中の人が攻めて来ても、自分は君を守ってあげる」って言ったのね。そのとき、私、変な人だなあと思った（笑）。どうせ言うなら、日本中とか世界中とか言えばいいのに。普通は大阪中とは言わないでしょう。

**青木**　それは言わないでしょうね（笑）。

**福田**　ところが、ファイトという言葉を聞いて、そうか、その頃司馬さんは大阪の何かと闘っていたのかと気がついたんです。

**青木**　闘う一つの目標が大阪にあって、やがて日本や東洋、世界になったんだと思います。でも、そう言われて嬉しかったでしょう？

**福田**　そのときは嬉しいというか、それよりもどうして大阪なのかしらって（笑）。

**青木**　闘う目標は内に秘めて外には出しませんからわかりにくかったんですね。

**福田**　それはそうですね。

**青木**　司馬さんは、日々どういう生活をなさっていたんでしょう。

**福田**　作家の方は、何時から何時まで原稿を書いて何時から飲みに行くと決めてらっしゃることが多いようですが、司馬さんは非常に几帳面で決まったことをずっとやっていく人ではあるけれど、原稿を書くのはだらだらと、思いついたときに書き、思いついたら風呂に入るという感じでした。

**青木** 資料に目を通すだけでも大変だと思いますが。

**福田** サンルームに寝っ転がって資料を読んでいましたけど、大事なところだけ、興味のあるところだけはパッパッと頭に入っていくみたい。その代わり抜けているところもいっぱいありましたよ（笑）。

**青木** だから、日常生活では、みどりさんなかりせば司馬さんもなかったわけです。

**福田** そう思います。ここで「いいえ」と言いたいところですけど、そう思います。けれども反対に、私のような変な人間を理解してくれたのもあの人しかいなかった。

**青木** みどりさんのわがままを包容してくれた……？

**福田** 包容はしていないけど、呆れていたんじゃないかしら（笑）。

## 美しい風景でなく意味のある場所へ

**青木** 一緒に旅行されるようになったのはいつ頃からなんですか。

**福田** これはぜひ聞いてほしいんだけど、私自身の美意識として奥さんに構ってもらいたいという男の人は嫌だったんです。司馬さんはそうじゃないと思って結婚したんですが、ところが違っていた(笑)。旅行も、最初は、司馬さんが取材旅行に行っている間は、私も友達と旅行するとかいうことでストレス解消をしていたんです。いつの頃からか一緒に行くようになって、着替えから何から全部私任せになる。結局一人では行けなくなってしまったんです。随分話が違うなという感じはありましたが、今度は放っておけない。そういう意味でも不思議な人でしたね。

**青木**　取材旅行中の司馬さんはどんな様子でしたか。

**福田**　あの人は仕事のことしか考えてませんから、いつでもノートを持っていて、ホテルの部屋に入るとすぐにノートを取り出して整理し始めるんです。私はほかにもいろいろやることがあるのに、あのときどうだったと訊かれてちゃんと答えられないと怒るのよね。面白かったのは、どこのホテルかは忘れましたが、部屋に入るなりパッとお風呂に入っちゃって、出てきて着替えがないって怒ってるんだけど、まだ部屋に荷物が届いていないのだから仕方がない。でも、自分の思いどおりにならないと、すぐ腹を立てるんです。

**青木**　いちばん印象に残っている旅行はどこでしょう。

**福田**　やっぱりベトナムかしら。昭和四八年のことで、まだベトナム戦争が続いていましたけど、私はそういうことに割合鈍感でしたし、司馬さんもあのときは特に若々しくて生き生きしていました。どの旅行よりも生き生きしていたように思いますね。

**青木** 昭和四八年というと、司馬さんが何歳の時だろう……。

**福田** 司馬さんが四九歳で、私が四三歳でした。当時の私は、開発途上国に興味があって、この国はどんなになるのだろうって考えるのが楽しかった。そういう意味でサイゴンで過ごした毎日は本当に面白くて、バンコクに向かう帰りの飛行機の中で「あーあ、語学さえできたらどこでも一人で行けるのになあ」と言ったら、さっきも話に出てきた友田さんが「今からでも遅くないですよ」と言ってくれたのを覚えています。そのぐらい面白かった。

**青木** 食べ物なんかは大丈夫でしたか。

**福田** サイゴンに一軒だけ日本料理屋さんがあって、毎日そこへ行っていました。ただ、司馬さんは好き嫌いが激しいからたいへん、牛肉が好きなんだけど、ステーキ、ビーフカツ、すき焼きなど単純なものがよくて、いろいろ手を加えてあるのは嫌なんです。魚は全部駄目だし、蟹は、蟹と聞いただけでアレルギー（笑）。

**青木** じゃあ、司馬さんと一緒に海外に取材旅行に行くのはたいへんでしたね。

**福田** 『街道をゆく』展をやるんで身の回りのものを何かと言われて、いろいろ考えたんです。万年筆とか時計は普通でしょう。それからカメラなんだけど、司馬さんは、旅行するごとにカメラを一つ壊しているんですよね（笑）。だから残っていない。後は首にまくバンダナ。寒がりで、とくに首元が開いていると気になる人だったから、これだけは、どこへ行くにも放せなかった。百円ライターにドロップ。それに晩年は鼻のアレルギーで冷たいものは駄目だから、電磁調理器に片手鍋、パックの長期保存牛乳、ボンカレーに牛肉の大和煮。本当に鍋釜提げて旅行していましたね。

**青木**　食べ物の問題とかはあっても、どうしても行きたいところがあったんでしょうね。

**福田**　あの人は不思議な人で、昔から意味のあるところしか旅行をしたいと思わないんですね。若い時から。

**青木**　みどりさんはどうなの？

**福田**　私はどちらかというと怠け者ですから、ぼんやりできるところに行きたいの。私が、司馬さんが絶対に行かなかったところへ行きたいと言ったら、編集者の方たちが、それなら空気が汚くて、湿気がいっぱいあるところに行けばいい、って。そんなところは私も嫌ですよ（笑）。単にきれいなだけの景色に、あの人は関心がないのね。やっぱり人がいて、歴史がないと駄目なんです。ただきれいというのでは駄目。

## フィクションのなかに真実がある人

**青木** もし、司馬さんから仕事を取ったらどうだったんだろう……。

**福田** 「もう仕事辞めたい」っていつも言っていたんです。「もう楽がしたい」って。仕事をしないこの人と私はどう付き合ったらいいのかしらと真剣に考えていました。

**青木** 生きてることそのものが仕事だったような人でしたから。

**福田** 産経新聞の後輩の三浦浩さんが「司馬さんは老後がなかったから、それがよかった」という手紙を下さって、どうだ、いい手紙だろうって言われたんですけど（笑）。

**青木** 老後になればなったで、司馬さんのことだから何か見つけたかもしれないけど。

**福田** 何を見つけるかしら。ゴルフなんか駄目でしょうし。

**青木** 全然駄目でしょう。絵は上手だったから、絵を描くということは一つあるような気もするけど、しかし命懸けでやるということではないでしょうね。

**福田** それにしても、今思い返せば、あの人は本当に命懸けでやってましたよね。そのときはそうは思いませんでしたけど。

**青木** 亡くなる半年なり一年ぐらい前から、多少ご自分の命について考えられたことはあったんでしょうかね。

**福田**　あの人は、そういうことを趣味のように言う人なんです、若い時から。これは文学的に捉えていただいたほうがいいんですが、五〇歳になるのが嫌で嫌でしようがなかったのね。私は行った場所も全部覚えていますけど「来年になったらこの同じ景色が見られるかどうかわかんない」なんて言うんです。聞くほうとしては嫌ですよ。でも、そのときにはそう思ったんでしょうね。そういうところが、私、フィクションの人間だと思うんです。

**青木**　フィクションの人間……、なるほどね。

**福田**　そんな人の嫌がることをわざわざ言わなくてもいいのにと思うんだけど、言った本人はケロッと忘れてしまっている。ここ二、三年は明らかに体が弱ってきていましたけど、始終、手紙や葉書にそんなことを書いていたみたい。返事を見ると、何が書いてあったかわかるわけです。だから「こんなこと書かないほうがいいよね」と言ったら、「ええねん」と言ってましたけど。

**青木**　司馬さんは、明確ではないにしても、死の予感を持っておられた……。

**福田**　予感というのかよくわかりませんが、ある編集者に「今年は現役最後の年だと思います」という手紙を送っているんです。それを発表したいというのを、私はやめてもらったんですが、多分そういう手紙は一通だけでなく方々に書いていると思うんです。

**青木**　その辺はどう判断したらいいのかわかりませんね。

**福田**　ただ、私がよくわからないのは、入院して一時小康状態となったときに、十二指腸潰瘍というのを信じたのかどうかということです。風邪をひいても「これは風邪じゃない。何かの病気だと思う」ということばかり言っていた人が、あれだけの病気になったときに死ぬことを考えなかったとすれば不思議ですよね。司馬さんの性格からすれば「もうあかん」と思う人なんです。そこのところが、今もってよくわかりません。

**青木**　亡くなって一年がたとうとしていて、みどりさんにとって司馬さんというのはどういう人だったんだろう。

**福田**　私の前で、本当にいろいろなことを言って、いろいろなことをしていたんだけど、一体この人のどこが本当なのか、今でも私、わからないんです。本当にわからない。それがさっきも言った、フィクションが魅力の人だということにもなるのですが、全部がフィクションだったのか、それとも全部が真実だったのかもわかりません。でも、フィクションだけの人と四〇年も付き合っていられないですよね。そう思うと、あの人はフィクションだったけれど、もちろんいい意味でですよ、私にとってたった一つの真実は、現実の人間としていつも私の名前を呼び、最後のあの人の言葉も私の名前を呼ぶことだった。それで私と司馬さんの関係は完結したと思っています。

**青木**　それが最後で、それがすべてだと。

**福田**　はい。

**青木**　その思いは四〇年変わらなかったと。

**福田**　はい。自信を持ってそう言えます。

（了）

（このインタビューは司馬遼太郎氏が逝去されて一〇カ月後に行なわれたものです）

# 第三章
# 『坂の上の雲』と日本人

# 新生日本の青春の息吹があった

豊田　穣

## 「アンチヒーロー」主義

司馬遼太郎氏の作品系列を眺めていると、そこに一つの底流を発見することができる。浪花節にも「太閤秀吉だけが偉いんじゃない、竹中半兵衛重治という軍師が偉かったのだ」というような文句が出てくる。

つまり司馬氏の作家精神の中には〝アンチヒーロー〟主義というか、歴史上有名な英雄だけが、功名を遂げたのではない、陰の参謀が偉かったのだ……という発想が根強く成熟しつつあったのではないか？　と思われる。

氏は軍隊にいた経験を語らないようであるが、日本軍隊の崩壊の様子を眼前に見て、そこから司令官と参謀のあり方に、興味を持ったのではないか？

そして太平洋戦争の敗戦……翻って歴史を見ると、多くの英雄や忠臣が、再評価され、英雄よりもその陰にいた参謀の姿がクローズアップされてきた。

特に戦国時代の武将において、その傾向は顕著である。よき参謀に恵まれた武将は出世し、参謀に離反された武将は滅ぶ。

これが幕末になると、氏の筆はますます冴えて、『燃えよ剣』『竜馬がゆく』等で組織者・土方歳三、視野の広い先覚者・坂本竜馬を主人公とし、いわゆる〝ナンバー・ツー〟を表面に押し出す手法を用いて、読者の共感を得た。

この『坂の上の雲』も、それらの系列に属するが、海軍出身の筆者としては、同じ江田島の赤煉瓦の生徒館で学んだ先輩の、連合艦隊参謀・秋山真之に一層の懐かしさを感じないわけにはいくまい。

では日本海軍史上第一の名参謀の呼び名をほしいままにする秋山の、名戦術「七段構えの作戦」とはいかなるものか？

それに至る連合艦隊司令部の苦心を中心に秋山真之の非凡さと、その人間的魅力を、探ってみよう。

## 凡に見えて非凡なる大器

日露開戦、三カ月余後の五月十五日（明治三十七年）は東郷（平八郎）中将（六月六日大将に進級）の率いる日本連合艦隊の厄日であった。

午前一時三十分、日清戦争で活躍した巡洋艦・吉野が巡洋艦・春日と衝突して沈没、ついで午前十時五十分、新鋭戦艦・初瀬、八島が触雷して沈没した。

この時、東郷艦隊の主力は、大連湾北東五十五キロの裏長山列島の泊地にいたが、旗艦・三笠の司令部は、憂色に包まれた。連合艦隊の主力である第一戦隊は、三笠、朝日、富士、敷島、そして初瀬、八島の六隻の戦艦から成っていた。このうち最新の二隻が、ロシア艦隊との決戦を前に、不慮の事故で喪失となってしまったのである。

この時、三笠の長官室には、参謀長・島村速雄大佐（六月少将に進級）と参謀・秋山少佐（九月中佐に進級）がいた。凶報に秋山は思わず島村と顔を見合わせた後、東郷長官の顔を見た、戦闘の際、苦戦になると、部下は必ず司令官の顔を見るという。この時、司令官があたふたとあわてると、部下の信頼がなくなり、部隊の統率は難しくなる。東郷は平然として会議を続けた。

これより先、四月十三日、新任のロシア第一太平洋艦隊（旅順艦隊）の司令長官・

マカロフは、その主力を率いて、旅順口を出港、部下の駆逐艦の苦境を救おうとして、旗艦・ペトロパウロースクが日本軍の敷設した機雷に触れ、沈没、マカロフは戦死した。

その後、旅順艦隊はウイトゲフト少将を後任の司令長官として、しきりに旅順を出港、ウラジオストクに向う形勢が認められたので、連合艦隊はその対策を練っていたのである。

開戦当時、日本軍は戦艦六隻、旅順艦隊は七隻を保有しており、ペトロパウロースクの喪失によって、その数は同じとなったが、初瀬、八島の沈没で今度は四対六となり、旅順艦隊の撃滅は困難となってきた。

東郷が島村、秋山とともに、三笠の長官室で今後の対策（二戦艦の補充として、装甲巡洋艦・日進、春日を入れる）を練っているところに、二人の艦長（各大佐）がやってきた。初瀬艦長・中尾雄（海兵五期）、八島艦長・坂元一（七期）で、秋山が見ると、二人とも顔面蒼白で死を決しているものと思われた。

「長官、お許し下さい！」

「この責任は必ずとります！」

二人は床に打ち伏すと号泣した。

――さぞかし辛かろう、二人の艦長は事件の報告をすませたら自決するつもりなのだ……秋山は痛ましそうに二人を見やった。この時の東郷は、意外なほど平静であった。

「おはんたち、ご苦労でごわした。泣いとらんで、一杯やってはどげんか……」

そういうと、東郷は引き出しからワインの瓶を出すと、二つのグラスに赤い液体を満たした。

「長官!……」

「今回我々は、お上にも申し訳なく……」

二人はそういったきり、立ったまま泣いていた。二人のうち坂元は島村の同期生でかつ同じ土佐の出身である。親友の心情を思いやって、島村は唇を嚙みながら、長官の横顔を凝視していた。

「そうか、酒どころではなかごつ……では菓子でもつまんではどげんか……」

そういうと東郷は卓上の菓子器を二人のほうに押しやった。

二人は驚いた。一日のうちに戦艦二隻を失って、怒りもせず嘆きも見せず、平然としている。まことにこの長官は、風評にあるように、昼あんどんなのか、それとも大豪傑なのか?……

このときの秋山の様子を、司馬氏は次のように描写している。

《（おれが、このひとなら、このようにゆくだろうか）と、東郷の頭脳を担当する真之はつくづくおもった。東郷は頭脳ではなく、心でこの艦隊を統御しているようであった。頭脳を担当する真之がもし東郷の位置なら、あるいは激昂するか、悲憤するか、強がりをいうか、どちらであったかもしれなかった》

二人が涙を拭くと、東郷は顔色をあらためて、諭すように言った。

《二人とも、わかったもんせ。戦《ゆっき》はこれからでごわす。おいは軍艦はまた造れば間に合うが、二人の艦長は間に合わんと思いもす……。あくまでも生きてご奉公すると、おいに約束してくれもはんか》

東郷の声に二人は電流に打たれたように、長官の顔をふり仰いだ。そこにはいつもの温顔にもどった長官がいた。

——自決は意味がない。責任を果たすというなら、あくまでも生きて海軍のために働け……。

この東郷の教えに島村と秋山は感動した。

——この長官の下でなら、おれは喜んで命を投げ出そう……秋山はそう確信した。

秋山は確かに明治海軍有数の逸材であるが、その才能は一夕にして成ったものではない。東郷は彼に多くのものを与えてくれた。——人間にはいろいろある。非凡に見えて非凡なる達人、非凡に見えていざとなると凡なるただのひと、凡に見えて実は非凡なる得体の知れぬ大器の人……大佐の頃から日本海軍の組織づくりに心魂を注ぎ、〝権兵衛大臣〟と呼ばれた山本は、第一の部類に属する。東郷がどれに属するかは自明の理であろう。

## 秋山、苦心のT字戦法

そしていよいよ黄海の海戦である。

ペテルブルクからの、「全艦隊を率いてウラジオストクに向うべし」との厳命に、旅順のロシア艦隊は、八月十日、午前六時三十分、旗艦ツェザレウィッチを先頭に、戦艦六、巡洋艦四、駆逐艦八、という主力を出港させ、東郷艦隊の攻撃を排除して、ウラジオストクに向うことになった。

旅順口東方九十二キロの円島で待機していた我が艦隊は直ちにこれを探知、午前七時出撃して、旅順に向かった。我が方は第一戦隊、戦艦四、三笠、朝日、富士、敷島、そして惜しくも喪失した初瀬、八島の補充として、一等巡洋艦・春日、日進が続いていた。

ロシア艦隊の針路は南東、東郷艦隊は北からこれに接近する形となった。午後零時三十分、三笠艦橋の東郷は、双眼鏡の中に敵の戦艦戦隊を捉え、一時十五分、両軍は射撃を開始した。艦橋にいた秋山は、注意深く敵の行動を見守った。——本当にウラジオストクに行くつもりなのか？……それならば、高速をもって、日本艦隊を振り切り、朝鮮海峡に待機していると思われる、ウラジオ艦隊と合同、ウラジオストクに急ぐはずである。

三笠艦橋、東郷長官の近くに立った秋山は、双眼鏡で注意深く敵艦隊の行動を凝視していた。我が方は第一艦隊が主力で（上村長官の第二艦隊は、ウラジオストク艦隊への警戒で、朝鮮海峡で網を張っていた）、これを見たウイトゲフトが果たして、朝鮮海峡を突破してあくまでもウラジオストクに向うのか、それとも今までの陽動作戦のように、出ると見せてはまた引っ込むという動きに留まるのか……もし、敵が強行突破を試みるならば、我が方としても秘策・T字戦法を実施しなければならない。

午後零時三十分、東郷艦隊は、ロシア艦隊の北東に迫り、間もなくその前を横切って南下し、午後一時「左九十度一斉回頭」を行ない、敵を黄海の中央に誘出する方策に出、午後一時十五分射撃開始。次いで再び「左九十度一斉回頭」を行ない、午後一時三十分、敵の前路を遮る隊形を示した。これが秋山苦心のT字戦法の実施第一号である。

しからばT字戦法とは何か？　その昔、帆船時代の戦艦は両舷に数十門の大砲を装備していたので、敵戦艦隊の中央を突破するのが、両舷の主砲を有効に活用する戦法であった。

その後、ラム（艦首の衝角）突撃をするようになってからは、横陣で突撃する戦法（日清戦争の黄海海戦では清国の艦隊がこれを用いた）が採用されたが、主砲の射距離が伸びると、このラム戦法は困難となり、艦の中心線上に主砲の砲塔を装備して、敵と同航しながら射撃を続行する単縦陣戦法が、採用されるようになった。

そして単縦陣戦法を有効にするには、敵艦隊と同航して長時間にわたって、砲撃を続行する必要がある。そこで考案されたのが、敵の前方を横切って、T字型に艦隊を行動させ、敵の前路を遮り、その後は同航の砲戦に持ち込むという戦法で、実際に秋山がこれを日本海海戦に応用することで、東郷や加藤の同意を得たものであった（ところで、秋山がこのT字戦法を研究したのは、海賊のお陰だという説がある。彼が海軍大尉の時、『野島流海賊古法』という本を読んだ。野島は能島とも書き、伊予の来島水道の近くにあり、古くから海賊の根拠地として知られる。その海賊の秘法の中に、敵の前に横陣を張って、行く手を遮る戦法が書いてあったので、秋山はT字戦法を研究したと言われる）。

## 黄海海戦で得た教訓

ただし、この時のT字戦法にも問題はあった。ウイトゲフトの艦隊は、針路東南東で全速で逃げる。こちらは一旦T字戦法でその前路を扼したもののさして砲撃の効果はなく、そのまま行くと、北東に進んでしまうので、反転して針路を南西にとり、さらに反転して針路東南東で並行の形でロシア艦隊を追撃した。このため午後三時には彼我の距離は三万メートルに開き、東郷は距離をつめながら、砲撃の機会をつかもうと必死になった。

「カマ（機関）が割れてもええ、全速を出せ！」

艦橋から「前進全速」の指示を受けた機関長はそう叱咤した。

――不思議なこともあるものだ……艦橋の秋山は首をひねっていた。長い間旅順港内にいて、船底にカキなどが付着しているはずのロシア艦隊が、旗艦ツェザレウィッチを先頭に快速で逃げまくるのだ。――こいつぁT字戦法も考えなけりゃならんのう……秋山はなかなか近付かない敵主力の殿艦・ポルターワを双眼鏡の中に追いながら、唇を噛んだ。……ところがここに天祐が訪れた。ツェザレウィッチに次ぐ二番艦・レトウィザンの速力が落ちてきたのだ。二〇三高地の麓に揚げた海軍重砲の射撃で、水線にひびが入っていたのが、また浸水を始めたのである。このためロシアの艦隊速力は一四ノットから四ノットに減速した。やっと秋山の双眼鏡にも敵の戦艦群に随行する巡洋艦が見えてきた。

「ようし、見えてきたぞ！　これも神のご加護だ」

重砲射撃の結果を知らない秋山は神に感謝した。時に午後三時、夏の黄海の日差しは、まだ水平線より三十度近く上にある。午後三時三十分、秋山の双眼鏡に敵艦隊の煙突の煙が見えてきた。ドイツ製の双眼鏡をかざしている東郷は、当然のように、命令した。

「打ち方始め！」

日本軍は一斉に射撃を開始した。距離は七〇〇〇メートル（日本海海戦の射撃開始時よりも接近している）、この近距離では、敵も味方も命中弾が多い。こうなれば鎮海湾で猛訓練を続けた日本軍が有利なはずであるが、神様は気紛れで秋山が感謝したほどには、日本軍には味方してはくれない。つまり距離が近いので、主砲のほかに副砲も乱射して、殴り合いが始まる。お互いに旗艦を狙うので、この日、三笠の被弾状況は、その数において最高であった。

そして六時三十七分、三笠の三〇センチ砲弾がツェザレウィッチの司令塔を直撃した。これがロシア艦隊の運命を決する一弾で、秋山はこれを〝怪弾〟と呼んでいる。日本の司令部は、東郷をはじめ、殆どが吹き晒しの艦橋で指揮をとっている。ロシア海軍では司令部は、司令塔で指揮をとるのが、常識となっていたので、ウイトゲフト長官はじめ、参謀長らの幕僚も司令塔の中にいた。そこに三〇センチ砲弾が直撃したので、長官はじめ、司令部の全員が戦死した。

最も不幸なことに、操舵手が舵の上に覆いかぶさって戦死したので、ツェザレウィッチは取り舵をとったまま、左旋回を続けた。さらにまた一弾の三〇センチ砲弾が命中、四番艦のペレスウェートに座乗している次席指揮官のウフトムスキー少将に指揮権が委譲される信号を出そうとしていた艦長も戦死した。ツェザレウィッチはなおも旋回を続け、これを怪しんだウフトムスキー少将は、旗艦に異常ありとみて、旅順に帰投すべく信号して回頭した。レトウィザン、ポルターワらもこれに続き、旅順艦隊の主力は、帰港を急ぎ始めたので、東郷は日没後も追撃を続けた後、午後八時過ぎ、主力の追撃をやめ、後の攻撃を水雷戦隊にまかせることにした。

――ロシアの艦隊はなかなかやる。あの高速による逃走ぶりといい、三笠の司令部の心胆を寒からしめた主砲の砲撃といい、決してばかにはできない……結局、この海戦の戦果は、敵のウラジオストク遁走を阻止し得たに留まるのではないか？……そう考えて秋山は、唇をひきしめた。

——この作戦は失敗だった。ただT字戦法で敵の前路を遮るだけでは、これを叩くことはできない。やはり〝七段構えの作戦〟で、あくまでも敵に食い下がり、最後の打撃を与えなければならない……秋山が得た最も大きな教訓はこれで、泊地に戻った秋山の〝七段構えの作戦〟の研究は、一層の拍車がかけられた。当然のことであるが、これ以降、彼の〝七段構えの作戦〟はただ、主力の戦艦の砲戦だけでなく、巡洋艦、駆逐艦、そして水雷艇を立体的、かつ長時間にわたって、敵を次々に攻め立てる……昔でいうならば、武田信玄の〝車掛かりの戦法〟のような構想に、まとめられつつあったといってよかろう。

## 智謀湧くが如し

旗艦と司令長官を失った旅順艦隊はその後は全く港内に潜んで、出撃してこなくなった。従って旅順口の閉鎖を続ける東郷艦隊は、相手が出てこないので、戦争ができない。

そして九月以降は軍艦の砲を陸揚げすることによって、陸軍に協力することになり、これが有効であった。

十月十五日、ロジェストウェンスキー少将（間もなく中将に進級）の率いる第二太平洋艦隊（バルチック艦隊）が、リバウ軍港（現在のラトビア海岸）を出撃して、東洋に向かったという情報が入ると、旅順の攻撃はますます激しくなっていった。山越しに撃つ海軍砲の威力は、旅順艦隊を震撼せしめた。この間に東郷は連合艦隊の一部を、次々に佐世保に帰して、修理、補給に当たらせた。十二月五日、二〇三高地が、日本軍に占領されると、山頂から海軍の二八センチ重砲が、火を噴き、戦艦が次々に港内で、撃沈された。

残ったのは戦艦・セワストポリのみとなったが、これも水雷艇隊の雷撃によって沈没、ここに旅順の太平洋第一艦隊は全滅した。港外の三笠作戦室にいて、これを知った秋山は、「なんだ、これではおれの〝七段構えの作戦〟を実験してみる相手がいなくなったじゃないか」

とぼやいたが、東郷の黙然とした顔を見ると、うつむいた。次にくる敵は旗艦・スワロフ以下戦艦七、装甲巡洋艦二、巡洋艦六、駆逐艦九、その他十七、計四十一隻の大艦隊である。そのバルチック艦隊は、アフリカ回りで、いつこの日本近海に姿を現すか……秋山が作戦室に籠もる日が多くなった。

一月十二日の人事異動で、島村参謀長は第二戦隊司令官に転出、同期の加藤友三郎少将（後、海相、総理）が、後任として、三笠に着任した。これで懐の広い豪胆の人・東郷、カミソリと仇名のあるシャープな加藤、智謀湧くが如し、と言われる秋山の三人が、三笠の艦橋にそろうことになった。

二月二十一日、三笠は鎮海湾入港、再び、後に〝月月火水木金金〟と呼ばれる猛訓練に入った。秋山は作戦計画に余念がない。

——果たしてバルチック艦隊は、朝鮮海峡にくるのか、それとも北の津軽海峡または宗谷海峡からウラジオストクに向うのか？……これは連合艦隊司令部にとって、頭の痛い問題であったが、新聞記者たちもそれを知りたがった。ある日の記者会見で、記者の一人が、

「バルチック艦隊は一体、どの海峡にくるのでしょうか？」

と質問した。人を食った秋山は、

「現在、マダガスカルにいるが、ロジェストウェンスキー長官の心境は、行こかウラジオ、帰るかロシア、ここが思案のインド洋というところかのう」

としゃれのめした。

秋山には幕末の天才・高杉晋作に似たところがある。数理に明るい俊敏な頭脳の持主であり、文章の才とともに、しゃれっ気を持ち併せていた。

## 秘策「七段構えの作戦」成る

三月中旬、バルチック艦隊がマダガスカルの泊地を出たという情報が入ると、秋山が靴を履いたまま、作戦室で寝ることが多くなった。「敵は朝鮮海峡にくる……」という信念のもとに、彼は〝七段構えの作戦〟のモデルを書き上げた。

一、五島列島沖合の昼戦
二、対馬方面の夜戦
三、朝鮮海峡艦隊昼戦（主力決戦）
四、引き続き夜戦
五、鬱陵島付近昼戦
六、引き続き夜戦
七、ウラジオストク沖の昼戦

これで秋山はバルチック艦隊を殲滅しようというのであるが、実際の海戦とくらべると、重要な点では、かなりの的中率を示しているのに驚く。三の朝鮮海峡昼戦、四の夜戦、五の鬱陵島付近の昼戦などは実際に行なわれたもので、いかに秋山が戦術の天才であったかを、如実に示している。

この秋山苦心の〝七段構えの作戦〟は、最終的には、次のように完成された。

この戦法は対馬海峡からウラジオストクまでの距離を艦隊の速力で区分し、昼夜の海戦総合戦法で、バルチック艦隊を撃滅しようというものである。

第一段は主力の決戦前日の夜戦。駆逐艦、水雷艇による奇襲で、敵主力に損害を与える。

第二段は、翌朝の艦隊の総力をあげての一大決戦、これで勝敗は大体決する。

第三段と第五段は水雷戦隊による夜戦で、残敵を奇襲する。

第四段と第六段は、艦隊の大部分をもってする追撃作戦、これで残る敵を掃討する。

第七段はウラジオストク港口に予め敷設した機雷群に敵の残存艦隊を追い込んで、最後のとどめを刺そうというものである。

まずT字戦法で敵の進路を遮り、その後はこの〝七段構えの作戦〟で、バルチック艦隊を撃滅しようというのが、戦術の天才秋山の着想で、見事に成功して、彼の名を不滅のものにした（実際にはバルチック艦隊の海峡通過が昼になったので、第二段の主力同士の決戦で、大勢は決し、第三段、第四段で、結末がついた）。

五月二十四日まで、大本営も連合艦隊司令部も、バルチック艦隊がどの海峡を選ぶかについて、非常に悩んだということになっている。しかし、大本営の作戦班長・山下源太郎大佐は、かつて北海道から千島方面を測量した経験から、この季節、同方面は非常に霧が多いという理由で、朝鮮海峡説を強く主張した。

一方、鎮海湾の連合艦隊司令部では、東郷が、

「敵は朝鮮海峡にきもす。腹のへった馬は真先にまぐさのほうに走るもんでごわす」

という信念を崩さない。そしてその裏付けが、秋山によってなされていたことは当然のことである。

『坂の上の雲』には、「東郷はハート（心臓）の人で、秋山は頭脳の人である」となっている。

《頭脳はハートとは異なり、あらゆる可能性を思案しつづけねばならぬために、その思案の振幅運動が、当然ながら大きくかつ激しい。この時期の秋山は東郷に比べればよほど小粒の存在であった》

と司馬氏は書いている。面白い観察、分析である（東郷は戦勝の後、軍令部長、東

宮御学問所総裁を務め八十八歳まで生きた。秋山は出雲、伊吹など多くの艦の艦長を務め、軍令部第一班長、軍務局長などを務め、大正六年十二月一日中将に進級、翌七年二月四日、慢性腹膜炎で世を去った。五十一歳)。

さて明治三十八年五月二十七日、午前四時四十五分、哨艦・信濃丸の「敵艦見ユ」の電報で、靴を履いたまま寝ていた秋山は、作戦室を出て艦橋に入った。東郷、加藤もきて、これで役者はそろった。

秋山が苦心の修正を加えたT字戦法が、東郷の手によって実現したのは、午後二時二分。すでにバルチック艦隊の主力は砲撃を開始していた。日本軍も応戦、ここに新しい歴史がつくられた。〝七段構えの作戦〟も完璧に近く、勝つべきものが、勝つべくして勝った。

翌日、午前十時過ぎ、ネボガトフの残存艦隊を鬱陵島付近で捕捉した東郷艦隊が、砲撃を加え、ニコライ一世が降伏の旗を揚げた時、東郷が一向に「射撃中止」を下令しないので、たまりかねた秋山が、東郷に、「武士の情です。打ち方やめをかけて下さい」と言ったのに対し、東郷が、「敵はまだ走っとる」と言い、敵艦が停止してから、「戦闘の終結」を宣した、という話が美談となっているが、秋山の情か、東郷の冷静な判断かは、意見の分かれるところであろう。

## 子規に「技手程度」と評されている

司馬氏は秋山のキャラクターを分析して、その天才としての片鱗を、捉えようとしている。

少年時代の秋山は、手のつけられない腕白で、そうかと思うと、歌を作り、絵も上手で、父の久敬に期待を抱かせた。

多くの天才がそうであるように、秋山も服装などには、無頓着であった。海軍兵学校に入る前、彼は同じ松山出身の正岡子規（後、俳人）と同じ下宿にいた。『坂の上の雲』には、子規が評した若き日の秋山の性格が描かれている。

《（前略）しかし、長所もある。君は学問をやらせれば、みごとにこれを処理し、あやまつことがない。そういう種類の能力というのは、同友のなかでひとり君だけがもっている。しかし、そういうこともひるがえっていえば俗才だけのことである。もっともわれわれは君の俗才に大いに頼ってはいる》

《その気性は、真に人に信愛されるところがある。しかし、ややもすれば、人と争論をひらき、これがために友誼をやぶるおそれがある》

これは性格論。
《君は活発な男だが、本当は活発というよりも軽々しくさわがしい。軽そうである。分析すれば、六割の軽そうと四割の活発をもつ》
さらに俗才に触れ、
《しかし、君ほどに普通の才（俗才か）をもつ者は予はいまだかつてこれを見ぬ。もっとも喜んではいかぬ。その才たるや決して大才ではない。（中略）だから君は決して生涯大事をなす男ではなく、結局は技手（技師の下）程度に終わるだろう》
かなり厳しい批評であるが、未だその大才を発揮する機会をもたぬ天才も子規の眼には、この程度にしか映らなかったらしい。
子規はこれを文章に書いて秋山に渡したが、一読した秋山は片目だけで笑ってみせたという。
それから間もなく、秋山は子規と一緒に寄席へいった。
《その風体は異様で、ボタンのついた制服の上衣のうえに日本のはかまをはき、朴歯のげたを鳴らしてあるいた。
「秋山、そりゃひどいぞな」
と子規がいうと、真之はむしろ得意で、「升（のぼる・子規の名前）のような俗物にわかるか。これはおれの自慢のすがただ」

と、昂然としていた。(秋山は)日本一の書生をもって任じていたから、ひととは変わった風体をしたかったらしい》

## それは新生日本の青春であった

今一つ『坂の上の雲』から秋山の無頓着と執念を示すエピソードを拾ってみよう。

明治三十七年末、旅順口のロシア艦隊が全滅したので、連合艦隊の大部分は、補給と修理、休養のため、内地に帰った。秋山も東京青山高樹町の自宅に戻った。結婚して間もない妻のすえ子が出迎えた。自宅での秋山は何をしていたのか?

『坂の上の雲』をのぞいてみよう。

《帰宅すると、

「枕」

とすえ子に言い、軍服のまま寝ころんでしまう。じっと天井を見つづけている。

(中略)

「空豆」

というときもある。真之はヨーロッパでも艦隊勤務でも、いつも煎った空豆を上衣のポケットに入れていたし、こんど東京にもどって軍令部にゆくときも、ポケットを空豆でふくらませて、かじりながら歩いている。（中略）

ともあれ、自宅での真之は飯を食っている以外はずっと天井をながめている。（中略）

真之にとってはそこに正確無比な日本列島があった。（中略）

「バルチック艦隊は、どこをどうくるか」

という課題が、日本国そのものの存亡にかかっていた。（中略）

真之が気がおかしくなるほど考えこんでいる課題は実はこれであった。かれはすでに、その原則は建てた。

「七段構えの作戦」

と言われるものであり、この戦法はかれがかつて小笠原長生（当時、大本営参謀）から借りた日本水軍の古戦法から発想したものであった》

明治十九年海軍兵学校入校、二年生から首席で、首席で卒業した。二期上に広瀬武夫がいた。秋山が在学中に海兵は築地から江田島に移転した。広瀬は江田島における最初の一号生徒（最上級生徒）である。

筆者は彼らが雑巾がけをした自習室の床をこすった。そこには明治の青春の肌ざわりがあった。『坂の上の雲』を再読して感じたのは、司馬氏の青春への思いである。雲は希望と無限の可能性を現わす。それは新生日本の青春であり、明治の青春であり、そして敗戦の時代にまみれた司馬氏の青春へのノスタルジアでもあろう。『坂の上の雲』は今も日本人がたどる坂道の向こうに輝いている。そして秋山の短い生涯も……。

# 秋山好古・真之「時代の精神」を駆ける

池田 清

## 日露戦争と明治の青春

人は出生を選べない
時期も　血縁も
偶然だ

恨むにも　悔やむにも
すべて手おくれ
所詮なんとも仕方がない

僕が生まれたのは明治
それも中葉
のっぴきならないこれは宿命

生れた時から日清戦争
育ち盛りが日露戦争

勝った　勝ったで兜の緒
締めてかかれば心は狭い

国のためなら命も捨てる
うそのようだが本当の話

そんな気持に僕まで成れた
うそのような本当の話

昭和四七年一一月発行の「文芸春秋臨時増刊『坂の上の雲』と日露戦争」で、明治に生をうけた各界の識者四二氏に、

「私にとって明治とはなんであったか」

のアンケート調査がなされている。四二氏はそれぞれの立場から、明治時代に感じとった明暗や光と影について簡潔に回答している。ある人は興隆期日本の近代化は成功したと、楽天的な拍手をおくり、別の人は権力政治の行き過ぎや封建思想の残滞を厳しく批判して、暗い時代だったと一刀両断に決めつけている。各人各様な回答のなかで、明治期全体の精神的雰囲気に関心を抱いている私の琴線に深く触れた回答は、冒頭にかかげた堀口大学（明治二五年生まれ）の詩であった。

## 主題「日本人とは何か」

司馬遼太郎氏が、『坂の上の雲』という厖大な作品（全六巻）に、彼の四〇年代の精根を傾けた動機は、「日本人とはなにか」という主題への執拗な模索であった。登場人物たちがおかれている時代や状況として、明治維新後、日露戦争までの三十余年が設定されたのには、この時代が、「文化史的にも精神史のうえからでも、ながい日

本歴史のなかでじつに特異」であったとする、司馬氏の時代認識が潜在している。

この時代は、世界の中心はヨーロッパにあった。ヨーロッパが世界を支配していた。トルコからペルシャ（現イラン）、インド、清国（現中国）とつらなる古い大帝国は、つぎつぎとヨーロッパ列強の優越した軍事力の前に、崩れ落ちつつあった。明治維新はその一面において、民族革命としての性格をもっていた。この民族革命とは、ヨーロッパ列強のアジア進出に対し、日本民族の独立あるいは膨張を目的として、そのために行なわれた国内体制の変革であった。近代的な国民国家の形成が急がれたところに、「暗い明治」の一因があったといえよう。

近代国家というものは重い存在である。江戸時代のほとんどの日本人は百姓であり、百姓は田を耕して年貢を納めたら、それ以外に何の義務もなかった。政治への参加など論外であった。しかし、近代国家が成立すると、一人ひとりが重荷を負わなければならない。それまでは年貢のほか義務のなかった善良な庶民も、義務として戦場に引き出される。彼らは、国家の安危は汝の双肩に懸かっていると訓育され、戦場に屍を曝すことになる。

この庶民の悲鳴を、暗さでとらえるのか？　それとも、成立させざるをえなかった近代国家を無邪気に信仰していたのが明治人であったとしてとらえるのか？

そこに明治日本に対する歴史認識の相違が生まれる。明治人のこうした無邪気な明るさというものを、正岡子規、秋山好古《よしふる》、秋山真之《さねゆき》を通してとらえてみようとしたのが、『坂の上の雲』である。

司馬氏は、第一巻の「あとがき」でこう書いている。

《このながい物語は、その日本史上類のない幸福な楽天家たちの物語である。やがてかれらは日露戦争というとほうもない大仕事に無我夢中でくびをつっこんでゆく。最終的には、このつまり百姓国家がもったこっけいなほどに楽天的な連中が、ヨーロッパにおけるもっともふるい大国の一つと対決し、どのようにふるまったかということを書こうとおもっている。楽天家たちは、そのような時代人としての体質で、前をのみ見つめながらあるく。のぼってゆく坂の上の青い天にもし一朶《いちだ》の白い雲がかがやいているとすれば、それのみをみつめて坂をのぼってゆくであろう》

## 「世界の片田舎」の代表、秋山兄弟

一九世紀の日本は、まだ極東の一野蛮国としてしか、世界的には認められていなかった。一九〇二年の日英同盟の締結で、日本全土に「歓迎の声は所在に湧き、国民皆酔ひるが如き」（『東京経済雑誌』）有様になったのは、維新以来の西洋コンプレックスの反映であった。そうした田舎者の百姓国家が、はじめてヨーロッパ文明と血みどろの対決をしたのが、日露戦争である。その対決に、日本は辛うじて勝った。もっとも、戦略的後退を基本的構想としていたクロポトキン将軍は、陸戦で敗けたとは最後まで思っていない。

この奇跡的な辛勝の背後には、上は政治・外交・戦略の指導者たちから、下は旅順要塞に阻まれて屍の山を築いた一兵卒、銃後の家族にいたるまで、国民全体の熱烈な支持があった。

司馬氏は、長大な物語を絞りこんで書き進めるために、あえて秋山兄弟という中堅将校に焦点をあてた。陸軍少将の好古は四五歳で騎兵第一旅団長、真之海軍中佐は三六歳で連合艦隊の先任作戦参謀として日露戦争に参加している。

《かれらは、天才というほどの者ではなく、……この時代のごくごく平均的な一員としてこの時代人らしくふるまったにすぎない。……かれらがいなければいないで、この時代の他の平均的時代人がその席をうずめていたにちがいない》

と司馬氏は言い切っている。

《小さな。

といえば、明治初年の日本ほど小さな国はなかったであろう。産業といえば農業しかなく、人材といえば三百年の読書階級であった旧士族しかなかった。この小さな、世界の片田舎のような国が、はじめてヨーロッパ文明と血みどろの対決をしたのが、日露戦争である。

その対決に、辛うじて勝った。その勝った収穫を後世の日本人は食いちらしたことになるが、とにかくこの当時の日本人たちは精一杯の智恵と勇気と、そして幸運をすかさずつかんで操作する外交能力のかぎりをつくしてそこまで漕ぎつけた。いまからおもえば、ひやりとするほどの奇蹟といっていい。

その奇蹟の演出者たちは、数え方によっては数百万もおり、しぼれば数万人もいるであろう。しかし小説である以上、その代表者をえらばねばならない。

その代表者を、顕官のなかからはえらばなかった。

一組の兄弟にえらんだ。

すでに登場しつつあるように、伊予松山の人、秋山好古と秋山真之である。この兄弟は、奇蹟を演じたひとびとのなかではもっとも演者たるにふさわしい》

## 「騎兵の父」好古の本領とは

司馬氏はまず、秋山好古と真之の生い立ちから筆をおこし、真之の親友で近代短歌・俳句の先駆者となる正岡子規を登場させて、国民国家形成の明治前期に生きた青年たちの躍動を、浮き彫りしながら物語を進める。

《真之というのは、どうも闘争心がつよすぎる。——兄の好古には徳というものがあるが、弟の真之は嶮《けわ》しすぎる。そのように松山ではいわれていた》

田舎町松山の貧乏な下級武士の家に生まれたこの秋山兄弟が、藩閥の後盾もなく将官にまで昇進したことは、能力主義をモットーにした明治近代化の明るい一面を示している。階級的なエリート意識でコチコチの英・独・露の将校団と比較するとき、明治日本の軍隊のほうが、よほど「民主的」だったといえよう。

安政六年生まれの秋山好古は、後年の日本陸軍史で「騎兵の父」と位置付けられている。彼は、生活費と授業料がタダというだけの理由で陸軍士官学校へ入学し、その三期生のとき騎兵科を志願した。わずか二〇頭から始まったといわれる日本騎兵隊は、貧弱そのもので、次のようなエピソードが伝えられている。明治三二年、北清事変の時のことである。日本も一個師団を派遣し、その軍紀厳正と精強さは、連合諸国の称賛を得たが、騎兵部隊の乗馬の体格があまりにも貧弱なので、「日本の騎兵は、馬の、いや、いや、ようなものに乗っている」と笑われたという。サラブレッドやアングロノルマンのような優れた軍馬を見慣れていた欧米将校の目には、小さな日本馬は、驢《ろ》馬《ば》や騾《ら》馬《ば》の程度にしか見えなかったのだろう。

ちなみに、北清事変の後、好古は日本の駐屯軍守備隊司令官に任命された。

彼は、

《日本人だけでなく、天津駐在の欧州各国の軍人や、清国の官吏にも人気があった。とくに清国人にいわせれば、あの将軍（大佐なのだが）こそ、各国第一の大人である。ということであり、好古の、ごく自然な東洋豪傑風の人格に安心したりなついたりしていたのであろう》

司馬氏は、この「馬のようなもの」に乗った騎兵部隊に即して、日本陸軍の発達史を克明に描く。騎兵部隊は後年に戦車部隊へと改編される。司馬氏がとくに騎兵部隊の発展に関心をもたれたのは、好古を取り上げたからであろうが、太平洋戦争中の司馬少尉が、欧米の戦車に比べたら「戦車のようなもの」でしかなかった軽戦車に乗せられて、満州で苦労された苦々しさが投影しているようにも思われる。

好古は、明治二〇年から三年間フランスに留学して、騎兵戦術を研究した。当時のヨーロッパでは、騎兵戦術として、近距離の捜索・警戒・部隊間の連絡、戦略捜索、機動戦略兵団としての運用について論議されていた。「馬のようなもの」に乗った騎兵隊を、二個大隊やっと編成したばかりの日本陸軍にとって、この論議は夢物語であった。

改革者としての好古の本領が発揮されるのは、彼の帰朝後である。水島龍太郎氏（軍事評論家）の指摘によれば、「改革者としての好古の性格は、まさに最適であった」。彼の硬骨にして勤勉、大局を見通す学識と邪気のない品性が、見事に調和して、世界最強といわれたコサック騎兵集団と対等に渡り合える騎兵部隊を作り上げようと心魂を傾けた。

## 心血を注いだ〝コサック〟対策

日本陸軍は、日清戦争の勃発までに、ともかく騎兵七個大隊の編成までこぎつけたが、騎兵の運用については、認識も浅くまだ暗中模索の状態にあった。そうしたなかで、第一大隊長として出征した秋山少佐は、遼東半島の花園口に上陸して初陣を飾る。秋山の部隊だけが、目覚ましい活動をしたので、騎兵の効用と戦術が再認識されることなった。好古の炯々たる巨眼と見識は、部下の尊敬を一身に集め、水際だった采配ぶりだったという。旅順攻撃では騎兵無用の意見の強かった陸軍の内部を黙らせるだけの活躍を、彼は成し遂げたのである。

戦後、乗馬学校（騎兵学校の前身）の校長になった好古は、教育者としての異常な才能を発揮し、騎兵戦術の改善・訓練とその徹底普及に心血を注いだ。とくに彼自身が筆をとった『本邦騎兵用兵論』は、予想される日露の対決で、コサック騎兵との戦闘様相を洞察した上での、日本騎兵の戦術的基礎を作り上げた名著である。

日露が開戦するまでに、日本騎兵部隊の兵力は、二個旅団（四個連隊、一六個中隊）、機関砲（銃）二個中隊、師団騎兵一三個連隊（三八個中隊）、という画期的な大拡張を完了していた。これは、好古の硬骨で粘り強い努力、たゆまず騎兵の効用を普及した結果である。

## 「本日天気晴朗ナレドモ波高シ」

いっぽう弟の真之は、どのような曲折を経て日露戦争を迎えたのか。真之は好古の九歳年下で、日本海軍の官制が初めて定まった明治元年に生まれている。

真之と正岡子規は小学校から、神田の共立学校、大学予備門まで、同じコースを歩いた親友であった。この頃から子規は文芸に関心を抱き、真之は兄好古の奨めもあり、また自分に二流の文才しかないのを悟って、築地の海軍兵学校へと転身する。

当時の日本海軍も、陸軍に劣らぬ貧弱な海軍であった。明治元年三月、日本最初の観艦式が大阪天保山沖で行なわれたとき、参加艦船わずかに六隻、排水量合計は二四五〇トン。参加したフランス軍艦「デュープレ」号一隻分にも及ばなかった。真之は明治二五年に海軍少尉任官、日清戦争では一三〇〇トンの小艦「筑紫」の航海長で晴れの大海戦場に出る機会に恵まれず、わずかに威海衛の攻撃に参加しただけである。明治三〇年、大尉のときアメリカ留学を命ぜられたが、この四年間の在米研究が彼の戦略・戦術論を開眼させる機縁になった。彼は、世界的に著名な戦史家A・T・マハンに個人的に師事し、また米西戦争を現場で観戦したり、アメリカ北大西洋艦隊旗艦「ニューヨーク」に乗り組んで実地研修している。

当時における彼の猛烈な勉強ぶりを物語るエピソードが伝えられている。星亨公使の邸に出入りして、壁間を埋めた書物を片っ端から読破、その傍若無人ぶりに顔をしかめた星にむかって、「貴方の代わりに読んであげたのだ」と開き直ったという。

この頃、真之が東京に送った報告書の着眼や分析が卓抜していることに海軍上層部は瞠目し、明治三五年七月、海軍大学校の教官に任命されたのである。

もともと真之は奇才の持ち主で、常軌を逸する行動も多かった。兵学校に入校早々には、態度が生意気だというので、生徒仲間にひどく殴られたという。しかし、それほど勉強するでもなく、教室でノートをとるでもないのに、試験のヤマ当てが絶妙に冴え、四年間つねに首席を占めた。勝負師としての真之の奇才・勘をよく物語っているエピソードであろう。

服装には全く無頓着で、ワイシャツの裾はズボンからはみ出したまま、しかも靴とスリッパを片足ずつ履いていたというユニークさである。日露戦争中、東郷司令長官に作戦参謀として仕えたが、食事の際など、長官がいようがいまいが一向に気にかけることもなく、食べおわると、デザートの果物を摑んでさっさと自室に引き揚げることが多かったという。

真之の海軍大学校における最大の功績は、日本海軍の兵学にシステム思考を導入したところにある。

彼は、兵学を戦略・戦術・戦務の三科目に分けて、それぞれ連携させながら講義した。戦務は彼が独自に考案した概念で、「戦略・戦術を実施する事務の総称」であり、作戦命令から戦闘詳報の書き方、通信連絡、補給、訓練作業の管理までを包括している。この全体のなかで「戦力」を考えよというのが、秋山兵学の基本であった。

当時の日本海軍では、学生や参謀の教育に図上演習を採用していたが、アメリカ留学中の真之は、アメリカ海軍が用いていた兵棋演習を採用するよう早くから進言していた。静的な図上演習に比べて、動的な兵棋演習は、学生の観察力・決断力を磨くのに「最良の座学」であると、彼は強調している。

日露戦争における日本海軍の中堅指揮官たちは、こうした秋山流のシステム思考や兵棋演習で訓練され、戦場に赴いたのである。

真之は優れた兵学者ではあったが、単なる武人ではなかった。戦争と戦闘を同視するのは、「未ダ見識ノ足ラザル妄想」として、彼は、血の気の多い「兵術思想ニ乏シキ将校」たちを戒めている。日本海海戦の直前に大本営に打電した「敵艦見ユ……」の電報の末尾に、彼が加筆した「本日天気晴朗ナレドモ波高シ」の名文句には、彼の冷徹な観察力と明治日本人の底深い教養が窺われる。

## 満洲軍の危機を救った「剛勇」

日清戦争後の三国干渉は、日本人に国際政治の厳しい現実を実感させ、臥薪嘗胆が戦間期一〇年の国民的スローガンになった。陸海軍は対露戦備に全力を傾注した。

しかし、伊藤博文をはじめ政治・外交・軍部の指導層は慎重で、日露の衝突を避けたいとする意向も強かった。満韓交換による妥協交渉が最後まで続けられたが、結局のところ日本政府は開戦へと踏み切った。

開戦外交の詳細な経緯や、戦場における陸海軍の勇戦奮闘を詳述するのは、本稿の目的ではない。ただ、秋山兄弟が戦局の重大な一場面で果たした役割に絞って、彼らの戦勝への貢献を指摘することに止めたい。

好古少将は、明治三六年四月、騎兵第一旅団長となり、第二軍に属して出征するが、時により師団騎兵をも統括指揮し、満州における騎兵部隊の実質的な最高指揮官となった。これに対するコサック騎兵の主力は、ミシチェンコ少将が指揮していた。騎兵七二個中隊を基幹とし、砲兵その他の配属部隊を合わせて約一万の兵力で、その勇猛さは世界無比といわれていた。

好古の殊勲は、沙河の会戦および黒溝台会戦への参戦である。

沙河の会戦では、日本各軍の戦況不利で、従軍した外国特派員たちは「日本軍の危機」と報じた。このとき最左翼から進出し、二倍の敵騎兵団を撃破して勝因をつくったのは秋山旅団であった。

明治三八年一月、グリッペンベルグ大将の率いる大軍が、ミシチェンコ少将の大騎兵団と策応し、合計一二個師団半で秋山支隊の正面を突破して、日本全軍の背後に迫ろうとした。日露戦争で最大の苦戦といわれた黒溝台会戦である。秋山支隊は敵の包囲にあって屈せず、陣地を死守して退かず、ついに臨時編成の援軍が攻勢に転ずるまで持ちこたえたのである。秋山の剛勇さが、満洲軍の運命を救ったといえよう。

孤立した秋山支隊の防衛戦は、凄惨を極めた。

《敵の包囲はいよいよ重厚になり、砲火のはげしさは呼吸するのがやっとという瞬間もあった。ときに敵の騎兵や歩兵が襲ってきて近接戦闘や白兵戦になったが、そのときだけは敵の砲火がやや休息するためかえって息がつけるというほどであった》

総司令部から参謀の田村守衛《もりえ》騎兵中佐が、児玉源太郎の命令でただ一騎、戦線の後方を駆けぬけてやってきた。

《『閣下、様子をうかがいに参りました。いかがでありますか』というと、好古は、『見てのとおり、無事だ』

この言葉は、のちに有名になった。これ以外に言いようがなかったのだろう。好古は、水筒のそばに、装塡したピストルを置いてある。敵の騎兵がこの司令部に突っ込んできたとき、そのときはもうやむなく、

――ポンとやるつもりだった。……

『おれに出来ることは、こうしてここにすわっていることだけだ』と、好古は立っている田村に水筒のフタをわたし、ブランデーを注いでやった》

## 「T字戦法」の勝利と真之の涙

いっぽう弟の真之は、東郷司令長官の先任参謀として、日露戦争中のほとんどの作戦を案出した。開戦劈頭の旅順港外の奇襲から、仁川沖の海戦、旅順口の閉塞や間接射撃、第二軍の大輸送、それにつづく封鎖戦と、全作戦が彼の頭脳から生まれた。

連合艦隊の最初の参謀長島村速雄（のち大将・元帥）の回想によれば、秋山には「戦役を通じて、種々錯雑なる状況を、総合統一して一つのものに組み立て、判断その他の資料に供する才能に至っても、実に驚くべきものがあった」。

明治三八年五月二七日の日本海海戦は、日露戦争の帰趨を決定的にした。一四〇五、バルチック艦隊の先頭艦との距離が八〇〇〇メートルになったとき、東郷司令長官は、旗艦「三笠」を左に大回頭させて東北東に変針した。いわゆるT字戦法の採用で、敵艦隊は北上を阻止され、大壊滅の主因となった。

別名で「東郷ターン」とも呼ばれるこのT字戦法は、日露戦争前からすでに連合艦隊の「戦策」のなかで規定されていた戦法であり、秋山が海軍大学校教官のとき着想した戦法である。東郷長官の優れた戦闘指揮は、T字戦法のタイミングの取り方にあり、有効な射撃距離に入るまで耐えた、実戦派としてのその図太さにあったといえよう。

秋山参謀はさらに、バルチック艦隊を殲滅すべく、七段がまえの決戦方針を立案していた。

七段がまえとは、昼戦、夜戦の正攻、奇襲を相互に活用する戦術で、済州島近海からウラジオ港にいたる海上を七段にわけ、もっとも有効適切な攻撃を執拗に反復して、バルチック艦隊を撃滅しようとする徹底的な追撃戦であった。

しかし、奇才の真之には、軍人に徹しきれない一種のひ弱さがあった。

二七日の海戦がおわった後、

《参謀長の加藤友三郎は、

(妙なやつだ)

と、真之の挙動をみて、にがにがしく思わざるをえなかった。

真之のやることは、どうみても軍人らしくなかった。

……仕事を終えると、加藤にあいさつ一つせず、ぷいと自分の部屋へひっこんだ。

真之は仰臥した。……

(このいくさがおわれば)

と、そのことを考え、それを考えることで自分の神経のたかぶりを鎮めようとしていた。……

かれは、昼間、艦橋上からみた敵のオスラービアが、艦体をことごとく炎にしてのたうちまわっていた姿の凄さを同時におもいだした。真之はあの光景をみたとき、このことばかりはたれにも言えないことであったが、体中の骨が慄《ふる》えだしたような衝撃を覚えた。

(どうせ、やめる。坊主になる)

と、みずから懸命に言いきかせ、これを呪文のように唱えつづけることによって、その異常な感情をかろうじてなだめようとした。真之は自分が軍人にむかない男だということを、この夜、ベッドの上で泣きたいような思いでおもった》

## 「弱者の自覚」が生む智恵と勇気

一国の軍隊は、その兵士の徴集を国民に依存しており、その時代の国民精神を反映する。日露戦争に従軍した「ロンドン・タイムズ」紙の一特派員は、こう本国に報告している。

「あらゆる階級を通して一兵、一水兵にいたるまで、天皇に対する献身、必要とあらば死をも辞せずという一筋の思想が流れていた」

それは明治の時代精神であり、維新以来、営々として近代化を急ぎ、民族の独立とその維持に臥薪嘗胆してきた日本国民の危機感の発露でもあった。

上は政治・外交・軍部の指導者たちから、下は兵隊を戦場に送り出した家族にいたるまで、日本がまだひ弱であることを骨の髄まで認識していた。この「弱者の自覚」が政・戦略の基礎になり、兵士たちの身命を捧げた勇戦奮闘のバネになった。

三等軍楽手として「三笠」に乗り組んだ河合太郎は、「皇国ノ興廃コノ一戦ニアリ」のZ旗に、「いまこそ命を捧げるときが来た。いい表しがたい感激が若い私の総身をふるわせた」と回想している。

「弱者の自覚」が、「弱者の智恵」と「弱者の勇気」を生んだ。

一歩踏みはずしたら奈落だという強烈な危機意識が、日露戦争までの明治期を支配し、国運を賭した開戦にはあくまでも慎重、いったん決定したからには万難を排して断行、という時代精神を育んだといえよう。

司馬氏が秋山兄弟を通して描こうとしたものは、単なる日露戦史ではなく、こうした明治三十余年の時代精神ではなかったろうか。

作戦の立案に知能を絞り尽くした真之は、満五〇歳で早逝する。

好古は七一歳で病床に伏せた。その臨終が近くなったとき、

《数日うわごとを言いつづけた。すべて日露戦争当時のことばかりであり、かれの魂魄はかれをくるしめた満州の戦野をさまよいつづけているようであった。……『鉄嶺』という地名がしきりに出た。やがて、

『奉天へ。――』

と、うめくように叫び、昭和五年十一月四日午後七時十分に没した》

論功行賞のために編纂されたとしか言いようのない官修の平板で冗長な『日露戦史』と比べるとき、『坂の上の雲』は、明治前期の時代精神を的確に浮き彫りにし、「日本人とはなにか」を、われわれに改めて問いかけているように思われる。

# ついに著さなかった「勝利が招く狂気」

半藤一利

## 司馬さんは思想を言わなかった

司馬さんは「青史に恥ずべき参謀」や指揮官がやたらに登場した「昭和」をとうとう書かずに逝った。しかし、なにも残さずに白紙のままに放っていったわけではない。日本と日本人のあり方をさまざまな角度から問うエッセイ『この国のかたち』『風塵抄』などや、あるいは多くの談話筆記などで、昭和史についてしばしば熱をこめて論じている。

たとえば、わたくしが直接にこの耳で聞いた談話のなかにもある。

「昭和史というのは、おだやかで合理的な日本史のなかではまことに異様で、尋常な母体にやどった鬼胎《きたい》のようなものでした。昭和史は大恐慌（一九二九）あたりから民族の意識下で得体の知れない変化がおこってきて、満洲事変という統帥の魔術が束の間の〝成功〟という幻覚を国民に見せて以来、異常が異常を積み重ねて、結果として日本中を火の海にする業火を現出させた。その運動が、敗戦の日の詔勅でストップしたんです。（中略）政治というのは、本来、民族の理性を吸いあげて営まれるものであるのに、民族の潜在下の情念だけを刺激して昭和史はすすんできたのです」

わたくしは問うた。

「潜在下の情念とは、世界に冠たる大日本帝国という観念のことですか。あるいは尊王攘夷というごくごく日本的な情念ですか」

司馬さんは笑っていった。

「そのどちらでもある。もっとほかのもろもろを入れてもいい。つまり、そういう得体の知れない、どろどろとしたさまざまな想いをひっくるめた〝思想〟あるいはイデオロギーというものです。しかもそれはきびしい現実のなかから生まれたものではない。そうじゃなくて架空の一点から生まれたもんなんです。現実をいくら足し算、掛け算しても思想が生まれなくて、架空の絶対の一点を設けると、そこをコアにして始末の悪い思想が生まれるんです」

——こう司馬さんとの対話を思いだしながら書いていくと、司馬さんの昭和史論からは、およそどろどろした〝思想〟なんてかけらも見出せないことに気づかせられる。戦後日本人がふりまわされてきている大ざっぱにいって二つの〝思想〟とは無縁のところで、司馬さんはいつも大切なことを語っていた。

二つの〝思想〟とは、太平洋戦争をどう考えるかについて、日本人の意見を大きく分裂させているそれ、といっていい。太平洋戦争をアジアにたいする「侵略戦争」であるととらえる〝思想〟と、他方の極には、アジアにおける欧米列強の植民地支配を打ち倒した「聖戦＝解放戦争」であったとする〝思想〟である。司馬さんの口からはいっぺんたりともそのいずれの〝思想〟も説かれたことはなかった。

司馬さんがくり返していっていたのは「およそ非合理な考えにとらわれて勝てる見込みのない戦争を、もっとも拙劣なやり方で戦った戦争である」ということだけで、太平洋戦争そのものが愚劣ということであった。その点はまことに明快であった。腹に一物あるイデオロギーなんかちらりとも顔を出さなかった。

## 日本にとっての日露戦争の意味

司馬さんは決して言葉にして憂えたりはしなかったが、日本人の歴史というものの見方が、ややもすると戦後のイデオロギーの分裂と固く結びついてしまっていることを、何とか正さなければいけないと考えていたのではないか。

いまの日本は、左右のイデオロギーの分裂が歴史の解釈にまで影響を与え、感情的に対決してたちまちに政争の具になってしまう。「僕は思想については冷静なつもりで戦後を過してきた」と司馬さんが語る言葉は、そのことへの静かなる抗議ではなかったか。

静かな抗議といえば、『坂の上の雲』という小説がまた、そうであった。戦後の歴史学ではマルクシズムの影響が強く、戦前の「皇国史観」を全否定したまではいい。が、バカな戦争への反省と怒りが昂じて、なぜかそれに先立つ明治維新いらいの日本の近代化までがほとんどすべて断罪されるか、ある条件をつけられその価値を減殺されている。そんな風潮が長く日本を蔽っていた。

小説家としての司馬さんは、歴史が唯物史観が説くように、世界史の基本法則などというもので、自動機械みたいに公式的に動くものではないことを知りぬいていた。

その上に、「『坂の上の雲』を書き終えて」というエッセイに書くように、日露戦争は「戦うべからざる戦争」であるときめつけ、「いっそ敗れてロシアの属領になった方がよかった」といわんばかりの言説がまかり通っている現実にたいして、この長篇小説を書くことではっきりと「NO」といったのである。

〝思想〟で断罪するのはやさしい。しかし事実はどうなのか。過ぎ去った明治という時代をもう一度生きてみるという努力をして、たしかめてみようではないか。それが『坂の上の雲』という小説であった。そうすることによって、

《日露戦争というのは、世界史的な帝国主義時代の一現象であることはまちがいない。が、その現象のなかで、日本側の立場は、追いつめられた者が、生きる力のぎりぎりのものをふりしぼろうとした防衛戦であったこともまぎれもない》（『坂の上の雲』「開戦へ」の章）

という事実を司馬さんは明らかにしたのである。そして、この防衛戦を勝ちぬくために、日本人の一人ひとりが弱者の自覚のもとに、弱者の智恵と弱者の勇気をあらんかぎりふりしぼった。「この戦争準備の大予算そのものが奇蹟であるが、それに耐えた国民のほうがむしろ奇蹟であった」と。客観的事実をもって明治の日本をしっかりと司馬さんは書いた。

さらには、「昭和期の日本軍人が、敵国と自国の軍隊の力をはかる上で、秤《はかり》にもかけられぬ忠誠心や精神力を、最初から日本が絶大であるとして大きな計算要素にしたということと、まるでちがっている」（同「風雲」の章）、それが明治の軍人であったことも、司馬さんは証明したのである。

## 執筆までの命がけの準備

よくいわれるように、作品を書くにさいしての司馬さんの資料収集とその検証作業のものすごさは驚嘆するほかはない。冗談でなく、命がけといってもいい。つまりは、こまごまとしたエピソードやゴシップまで文献で実証し、読者を心から納得させてくれた。

その博覧強記、好奇心、実地探索の実行力、そして柔軟なあたたかい感性などなど、もうびっくりするほかないほど人なみはずれている。そしてそれらがまた読者への、すばらしい贈りものになってくる。歴史と地理にたいする深い知識の上にたつ文明論は、個人のなしうる限界をこえた奇蹟という以外にないのである。

『坂の上の雲』を書くために、日本海海戦の現場が見たいと思ったという。そこで無理をいって頼んで、自衛隊の飛行艇に乗せてもらい、沖ノ島周辺の海上をぐるぐる回って上から眺めた。

「ただの海が広がっているだけだったでしょう」

と、わたくしが笑ったら、司馬さんも苦笑しながら、

「そりゃもうその通り。ただ波の色、少しガスのかかった五月の海の気分を見たいと思ったんですよ」

といった。そして特別に当時の取材ノートをみせてくれた。沖ノ島のスケッチが巧みに描かれたページの余白には、細かい文字があちこちに書かれている。「三時十二分、第一次戦闘海域にさしかかる。右方に沖ノ島見ゆ。笠雲をかぶり神々しき哉」「三時十七分、太陽やっと海を照らし、波、タタミの目ごとし。水の色はうすき藍。……」。そんな文字が読みとれた。

「速成教育ではあったが、士官の教育をうけたから、陸軍のことは少しはわかる。しかし海軍をよく知らない。あの軍艦の硬いタラップを踏んだときの感触を知っているかどうかで、小説はずいぶん違うもんなんですな」

そうまで周到な準備をして司馬さんは『坂の上の雲』を書きだした。しかし、書きあげたのが一九七二年、時期がまだ幾分か早かった。一九〇四、五年に戦われた日露

戦争を書くのに七〇年近くもたっていて、早いも遅いもないではないか、という意見がでそうであるが、歴史的事実というのはそんなに簡単にすべてがいっぺんにでてくるわけのものでもない。織田信長に吉野《きつの》という愛妾がいて、その女の影響力が云々という新事実を語る『武功夜話』が発見されたのは、つい十年ほども前のこと。歴史のこわさというものである。

歴史物を書くということは、そうであるから、とくにそれが近代史の場合には秘められていた資料が不意に発掘されたりすることがあったりして、大いに面目を失墜することがあったりする。その覚悟が必要なのである。手に入るかぎりの資料に目をとおし万全を期したつもりでも、何かの事情で隠されているものまで予見するのは、人智のとうてい及ばぬことであるからである。

そんなわけで『坂の上の雲』をいまの時点で楽しんで読んでみれば、近代史をかくことのむつかしさを改めて確認することになる。それはまた、司馬さんが執筆の時この事実を知ったならば、司馬さんらしい史観の開陳もあってもっとこの小説が面白くなったことであろうな、という望蜀の感をともなっての残念な想いでもある。前にちょっと書いたことがあるが、今回は「司馬さんが書かなかったこと」としてまとめておきたい。

## 「波高シ」の真の意味とは

　その一つ、この小説の主人公の秋山真之参謀は名文家であった、との定評がある。これには異論はない。その例証として、だれもがかく有名な大本営あての電文がある。

《敵艦隊見ユトノ警報ニ接シ聯合艦隊ハ直チニ出動コレヲ撃沈滅セントス　本日天気晴朗ナレドモ波高シ》

　この電文の前半は連合艦隊の特定符号および暗号を交え作成されている。すなわち「アテヨイカヌ見ゆとの警報に接しノレツテハイ直ちにヨシスこれをワケフウメルせんとす」である。それを見た秋山参謀が、後半部分の名文句、「本日天気晴朗ナレドモ波高シ」をその場で書き入れた。それで暗号ではなく平文で打たれた。

　それにしても、敵を眼前にしてのこの忙しいときに秋山参謀がなぜ、敵に傍受されてもかまわないことを平然と追記したのか。単なる飾りとは思えない。実は……という話になるのである。

　この言葉そのものは、のちに中央気象台長となり天気予報の進歩に大きな貢献をした岡田武松が、気象情報としてこの日に発信した電文のなかにあった一行。秋山参謀はとっさにそれをそのまま借用したのである。そこに秋山の隠された叡智が見事に働

いていた、とこれまでは戦記や人物伝などで張り扇でやられている。当時の日本の軍艦は

〝天気晴朗〟は視界がよく敵艦隊をとり逃すおそれはない。当時の日本の軍艦は舷が舷が高くロシアのそれは低かった。であるから〝彼高シ〟で日本海軍にとって有利な戦いが展開されるであろう、と連合艦隊の旺《さか》んなる意気ごみを大本営に知らせたものであったと。

当時の天気図をみると、前日の五月二十六日に不連続線が西から東へと通過中で、戦場予定の海面では南風がふきまくり（最大毎秒十九・四メートル）、雨がふり、視界はきわめて悪かった。しかし午後六時ごろには天気は急に回復し、やがて快晴へと変わっていく。

翌二十七日の決戦の朝は、低気圧通過後の通性として、天気はよくなるけれども、風力は急に強まった。西よりの風が強く吹き、波もがぜん高くなる。まさしく天気晴朗なれど波高き状況で、日本艦隊はロシア艦隊を迎え撃ったことになる。歴史に「もしも」はないが、海戦が一日早く行なわれていたら、天気も悪く、視界も悪く、とても歴史に燦《さん》としてかがくパーフェクト・バトル（完全試合）とはならなかったであろう。さすが名参謀なるかな、というわけで、秋山参謀の名文句は青史に残ることになったが、事実はまったく違う。

当時の日本海軍にはとびきりの秘密兵器があった。機雷四個を長いマニラ索で繋いで敵の進路の前面に浮游《ふゆう》させる連繋水雷がそれで、これを水雷艇隊が敵前にばらまく。このとっておきの戦法が、本日は波高シで使えない、天気晴朗ナレド……という苦しい状況を秋山がそれとなく大本営に知らせたのが、実はこの名文句であった。事実、水雷艇隊はその実行を断念している。

もっとも断固として認めたくない人も多い。いまさら秋山参謀の神の如き叡智を否定する言説などはあってはならぬこと、とこの種の人びとは考えている。

しかし、ほんとうのところ、常に戦闘の勝敗とは紙一重でどっちへ転ぶかわからないもので、秋山参謀が「波高シ」をうらんだのは真剣に作戦にとり組んでいるゆえなのである。それに歴史探偵たるわたくしには、この秘密兵器の構想が甲標的（特殊潜航艇）から人間魚雷へと発展したことを思えばかなり重大と思える。

歴史的事実はえてしてそういうものである。それが海戦大勝利の祝盃を重ねているうちに、あったはずの危機がまるでなかったように埋められ英雄譚になっていく。

## 対馬海峡か津軽海峡か

もうひとつ、大きな新事実がある。『坂の上の雲』で司馬さんが書かなかったこととしてとりあげたいのは、むしろこっちのほうということになろうか。いよいよバルチック艦隊が日本本土に近く来航してきたときの話である。

五月二十日ごろから、全責任を負う連合艦隊司令部内には、ようやく、ロシア艦隊の消息を摑もうにも摑めない焦燥に駆られるものも出てきた。十二ノットで航行してくれば、もう南シナ海に展開している哨戒網にひっかからねばならない。焦燥が憶測を生んだ。ロシア艦隊はすでに太平洋迂回コースをたどりつつあるのではないか。津軽海峡だ、彼らの舳は北に向かっている――この日こそ決戦と予定された二十二日が暮れたとき、対馬海峡説を唱えていた参謀までが頭を抱えた。

このようにして連日、連合艦隊旗艦三笠の作戦室は大揺れに揺れた。二十三日、二十四日も何の確実な情報もなく暮れた。理論上からすればもう我慢の限界点に達している。

対馬説・津軽説の乱れ飛ぶ中に、もっとも常識的ともいえる能登半島沖待機説が次第に力を得てきた。だが、そうした動揺の中で、ひとり東郷長官だけは動かなかった、ことになっている。

さらに通説では、強硬に対馬説を主張する第二艦隊参謀長の藤井較一大佐と、第二艦隊第二戦隊司令官の島村速雄少将が連れだって翌二十五日に三笠を訪れたことになっている。この日は小雨模様。その鬱陶しさを絶ち切って二人の将は、東郷長官に強く意見具申をしようというのであった。

『坂の上の雲』はこのときの情景をこう描出する。

《島村は起立したまま、口をひらいた。かれはあらゆるいきさつよりかんじんの結論だけをきこうとした。

「長官は、バルチック艦隊がどの海峡を通って来るとお思いですか」

ということであった。小柄な東郷はすわったまま島村の顔をふしぎそうにみている。

（中略）やがて口を開き、

「それは対馬海峡よ」

と、言いきった。東郷が、世界の戦史に不動の位置を占めるにいたるのはこの一言によってであるかもしれない》

戦前戦後を問わず、これまでに発表されている多くの戦史および戦記には、さらには各伝記でも、ほぼ同じように描かれている。幕僚たちが動揺しようと、東郷長官ははじめから対馬説であった。それが不退転の確信であった。島村少将も、藤井大佐も言うべき言葉もなく引き退がった。そして、そこから世界史にも残る東郷の〝決断〟が生まれたのである……と。

これは、おそらく明治四十三年暮れに完結した海軍軍令部編『明治三十七八年海戦史』（全四巻）が基本となっているからであろう。海軍の正式の公刊戦史である。そして小笠原長生《ながなり》元中将の『撃滅』や『東郷元帥詳伝』がそれを補強した。『元帥島村速雄伝』にも同じ情景が出てくる。そして東郷長官は、小笠原氏の言葉を借りれば、「第六感というか、霊感を受けるようなことが、ときどきあったのではないか」となり、やがてその人までが絶対視され神格化されるようになるのである。

## 開封された「密封命令」

しかし、それは事実とは違うのである。

事実は、東郷長官とその参謀たちはロシア艦隊の消息不明に対処し、津軽海峡通過を顧慮してすでに「北方ニ移動スルノ考ヲ定メタリ」（当時第二艦隊参謀佐藤鉄太郎中佐の言）という状況にまで追いこまれていたのである。それも、よくいわれるように、いざというときのために次善の作戦をあらかじめ練るだけは練っておく、といったような軽い判断ではなかった。

麾下《きか》の各戦隊司令部に対して、五月二十四日に「密封命令」（二十五日午後三時開封と指示）が交付され、警信一下すれば連合艦隊主力は錨を上げて、津軽海峡に向かう準備を完全に整えていた、というのが事実なのである。

この「密封命令」についてはほとんど知られていない。また、それにたいする研究は、わずかに前防衛大学教授野村實氏の最近のそれを除いては、まったくされてはこなかった。というのも、明治いらい、日本海軍当局が、このどえらい事実を「極秘」の名のもとに封じ込めてしまってきたからである。そしてそれはつい最近まで「極秘」でありつづけた。

今日ようやく明らかにされた密封命令を原文どおりに記しておく。

一、今ニ至ル迄当方面ニ敵ヲ見サルヨリ敵艦隊ハ北海方面ニ迂航シタルモノト推断ス

二、聯合艦隊ハ会敵ノ目的ヲ以テ　今ヨリ北海方面ニ移動セントス

三、第一、第二艦隊ノ予定航路及ヒ日程航行序列及ヒ速力附図ノ如シ

（四以下九まで略）

十、本令ハ開被ノ日ヲ以テ其ノ発令日付トシ出発時刻ハ更ニ信号命令ス

海軍当局が秘密のベールの奥に封じ込めた『極秘・海戦史』（正しくは『極秘明治三十七八年海戦史』という）は、

《東郷連合艦隊司令長官は、経過の時日より推算し、担当の時期まで敵を見ざるときは、北海方面に迂回したるものと判断し、連合艦隊もまた津軽方面に航して彼を邀撃《ようげき》せんとし》

と記しているのである。そして、同じ二十四日午後二時十五分、海軍中央部に向かって、

《敵は北海に迂回したるものと推断す。当隊は十二ノット以上の速力にて北海道渡島《おしま》に向かって移動せんとす》

と、連合艦隊司令部はその決心を打電している。これらはいったい何を語るのだろうか。

明らかに東郷の司令部はしびれを切らしたのである。甲論乙駁の果てに、ついに秋山参謀が北上と決断し、加藤友三郎参謀長が同意し、そして東郷長官もまた……と考えられる。

ロジェストウェンスキーが対馬海峡を強行突破する決意であるなら、もう到達予定

時期がきている。いや、すでにその時機が過ぎている。ならば、敵は直進せず太平洋を迂回して津軽海峡へ向かっている。連合艦隊司令部は断崖絶壁に立たされて北進を決断したのである。

## 三笠艦上での最後の軍議

しかし、ここにひとり、連合艦隊の方針に断乎として異を唱える人が、真っ向から立ち塞がった。第二艦隊参謀長藤井較一大佐で、彼の抱く海軍兵術からの判断が、どんなことがあろうともロジェストウェンスキーは対馬海峡に来ると強硬に主張させたのである。それが歴史を変えることになる。

この最後の段階で藤井大佐は、上長の上村彦之丞第二艦隊司令長官の許可を得て、二十四日夕刻に旗艦三笠に行き、強引に対馬海峡固守を司令部にねじ込んだ。明二十五日午後三時の開封までは命令は発令されていないとし、懸命に食い下がって撤回を主張した。麾下の、しかも主要幹部の強硬意見具申に、連合艦隊司令部の一部幕僚は憤慨し、却下せよと反撥したが、冷静をもって聞こえる加藤参謀長が押しとどめた。

そして、加藤参謀長召集による司令長官・参謀長・各司令官および連合艦隊司令部幕僚だけの緊急「軍議」をもういっぺん開くこととした。加藤は戦闘直前の意思統一の必要を認めたのである。

五月二十五日午前、鎮海湾奥深くに入った揺れる三笠艦上において最後の軍議が開かれた。

前夜より風雨が強くなった。司会役となった加藤参謀長がふたたび列席の一人ひとりの腹蔵のない所論を訊いた。意見は津軽海峡説に完全に傾いている。なかに能登半島説を開陳する者もあった。ひとり藤井大佐だけが敵は対馬海峡に来ると主張して、一歩も引こうとはしなかった。

その根拠は――大正十四年六月、当の藤井較一元参謀長がその最晩年に、かつての部下であった松村龍雄中将（海戦当時・三笠副長・中佐）に語ったことを、少し読みやすく直して、記しておこう。

《バルチック艦隊がいまだ出現しないからといって、単に迂路を回航しているゆえと解するのは、根拠不確実であるのみならず、まったくの想像にすぎない。回航せずとも、漂泊その他の手段により、時日を遷延《せんえん》する方法はいくらでもある。

また、台湾付近で、少なくとも中立国船舶に出会わないはずはないのに、これら船舶から、なんらかのあるべき通信のないのは、すでに遠く日本の南方洋上を迂回しているにちがいないという説も、責任あるわが仮装巡洋艦をその海域に配してあるのに通信がないというのならともかく、無責任の中立国船舶を根拠にして断ずるのはすこぶる危険である。

要するに、すべて根拠不十分な理由により、最要最重なる艦隊の進路を定めるのは、小官には断然同意できないのである》

しかし、いかに熱弁しようとも、藤井参謀長の意見は全員に反発され、顧みられなかった。頼みの上村長官さえ津軽海峡説に傾きはじめている。

ふたたび藤井元参謀長の談話を、原文のまま引用してみる。

《何分只一人のみ主張するのみにて、他は全部転位説であり、殊に頗《すこぶ》る激昂のものもあり、如何に縷々《るる》説述するも、殆んど耳を藉すものなき光景にて、あはや転位説に一決せられんとする有様なり》

しかし、屈せず、藤井参謀長は襲いくる雪崩《なだれ》に似た勢いを食い止める。

《少なくとも、本日午後三時開封、つまり発令だけはとりやめ、なお二、三日この場所において自重し、その後に決せられて然るべきなのである》

全員が重苦しい沈黙のまま会議は頓挫した。沈黙の時が長く流れたという。そのときに、島村速雄第二戦隊司令官が外套をずぶ濡れにして入ってきた。

## 最大の危機を救った男

島村少将の坐乗する装甲巡洋艦磐手《いわて》が三笠からいちばん遠くに位置して在泊し、戦闘に備えて機動艇をすべて格納固縛してしまったので、やむなく普通の端艇で風波を乗り切ってきたためであるという。その遅延を詫びつつ、外套を脱ぎかけている島村少将に、加藤参謀長が海兵同期生の気安さでいきなり声をかけた。

「本日午後三時をもって津軽海峡に転位する予定だが、どう思うか」

これまでの苦渋の論議をまったく知らぬまま、島村司令官は簡単かつ率直に答えた。

「いささか時期尚早と思う。せめて二十七日午後まで待つことが、万全である」

島村少将のこの一言は、テコでも譲らぬ藤井参謀長ひとり相手に、いきり立って燃えさかっていた参謀たちの頭に水をかけたことは確かである。前連合艦隊参謀長にして名望高い提督の一言には、万鈞《ばんきん》の重みがあった。

会議は中断された。島村少将の意見を聞いた東郷長官は「予もしばらく熟考せん」と座を立ち、奥の公室にひとり籠もった、ともいうし、一説に東郷長官はその席になく、加藤参謀長の報告を受け、島村・藤井の両将を公室に呼んで三者で長い間話し合った、ともいわれている。

十数分たって、東郷長官が軍議の席に戻ってきた。加藤参謀長がすぐに、

「長官、ご裁決を」

と言った。注視を浴びながら、東郷は椅子をずらせて小柄な体をまっすぐに立てた。

「ここでもう一両日待つことにしよう」

これが国家の運命を両肩に担った総指揮官の、ギリギリの決であったのである。第六感や霊感によるものではなく、あるゆる意見に耳を傾け、根拠不確実な論を、それが卓論の装いをしていようと、それを捨て、少数意見であろうと、合理的と考えられるほうを採ったのである。東郷長官が大事にしていたのは、事の理非、それだけであった。

この見事な決断によって密封命令は開けられることなく、息づまるような二十五日午後三時は何事もなく過ぎていった。いい換えれば、二十四日から二十五日にかけて、連合艦隊はたったひとりの反対者の、だれにも顧みられなくともかまわぬ、不撓の頑張りによって、だれもが意識せぬうちに危機を乗り切ったといえるかもしれない。

そして特記したいのは、この骨太な、いかにも明治の軍人らしい藤井参謀長は、ついに自分の武功を誇ることもなく、大正十五年に世を去っているということである。享年六十八歳。死ぬ前年に松村中将に語った秘話と、なぜ語るのか、自分の本心を綴

った一通の手紙だけを残して。

《津軽回航中止は（中略）老生は口外致さず打過ぎおり候得《そうらえ》ども、これらはその当時の幕僚などの知るところにこれあり、さきごろ来《らい》、山本英輔《えいすけ》氏（海軍大将）の意見にて、裏面の戦史として大学校にて研究の材料となし、それぞれ研究中にこれあり、十分戦略戦術上の意見を得ることと楽しみおり申し候》

つまり、いまや海軍大学での研究材料となったのだから、〝秘中の秘〟のことであろうが、正しい海軍史のために正確に語っておきたい、という。手紙はつづく。

《（とはいっても）多少にても東郷大将の偉功を損うることありては相成らぬと考え、決して公表するものにこれなく候間、くれぐれもその義ご賢察の上、お閑《ひま》の節ご意見ご記述下されたく願い上げ候》

よき時代のよき海軍軍人のよき心遣いというほかはない。

ともあれ、危機は乗り越えられた。東郷は不動ではなかったのである。秋山もまた神の如き叡智をもつ参謀なんかでは決してなかった。日本海海戦の大勝利は、誤判断と錯誤によって一気に失われたかもしれなかった。その累卵の危機を乗り切ることができたのは島村少将と藤井大佐の功に帰せられようが、日本海軍は日露戦争の辛勝後にすべてを隠蔽した。

『極秘・海戦史』も「密封命令」も不利な電報の内実も、海軍大学校の金庫の奥深く納められた。連繋水雷は門外不出の極秘兵器となって、触れることすら許されなかった。そして日本海軍は東郷を〝神〟とまつりあげていい気になったのである。

## 「勝利が国民を狂気にする」

書くまでもないことと思うが、『坂の上の雲』というすばらしい小説にケチをつけるために、「司馬さんが書かなかったこと」をわたくしはことごとしく書いているわけではない。この小説の書かれた時点では、『極秘・海戦史』はなぜかまだ明かにされていなかった。いくら資料検証の天才であろうとも、やむをえないことであった。奇妙なくらい、戦後も長く『極秘・海戦史』は極秘でありつづけていたのである。

司馬さんはいみじくも書いている。

《戦争は勝利においてむしろ悲惨である面が多い。日本人が世界史上もっとも滑稽な夜郎自大の民族になるのは、この戦争によるものであり、（中略）この戦争の科学的な解剖を怠り、むしろ隠蔽し、戦えば勝つという軍隊神話をつくりあげ、大正期や昭和期の専門の軍人さえそれを信じ、（中略）この現実を科学的態度で分析したり教えたりしなかったということである。（中略）もし日露戦争がおわったあと、それを冷静に分析する国民的気分が存在していたならばその後の日本の歴史は変わっていたかもしれない》（「『坂の上の雲』を書き終えて」）

　また、わたくしとの対話でも司馬さんは力をこめていっていた。

「国家でも人間個々でも、真のつよさというのは、平気で自分の弱みというカードを見せるという精神からくるものでしょう。フランクというのは最大の魅力で、そういう精神があれば国も人も自滅することはありませんけど。友人もできるし、第一、国民が理性的に結束します。

　日露戦争に勝ってから虚勢を示す国家になった。この虚勢が、一九四五年の国家滅亡の遠因でした。日露戦争は、海軍はともかく、満州における陸軍は危うかったんです。もう三カ月、戦争がつづいていれば逆転したかもしれないほど、危うかったんですす。そのことを戦後、正直に公表し、オープンでもっと歴史として大いに検討していれば、昭和になってあのように国家がいびつにならずにすんだでしょう。しかし、軍は当時の本質を隠しました」

　この本質を隠蔽したばかりに戦えば勝つという軍隊神話が生まれた。それを信じ、虚勢を示す国家の代表的人物が、ノモンハン事件時の関東軍参謀の服部卓四郎であり、辻政信であったのであろう。陸軍ばかりではない。司馬さんは「海軍はともかく」というが、実はその海軍もまた、同じ仲間といえるほどかんじんのことを隠蔽してきた。

そう考えてくると、司馬さんが『坂の上の雲』で書かなかったことの最たるものは、実は『坂の上の雲』のあとの日本人ではなかったか。「密封命令」も「波高シ」も、そのこととくらべればそれほど重大なことでないようにさえ思えてくる。おそらく司馬さんは、そのことを、この小説執筆の最後に近づいたときから感じていたにちがいない。たとえば『竜馬がゆく』をそばにおいてみるとよい。坂本竜馬は志なかばにして非命に倒れるが、読み終っての印象はむしろ明るいくらいである。

《若者はその歴史の扉をその手で押し、そして未来へ押し開けた》

まさしく竜馬が押し開けた方向へと、歴史は動いていったのである。

それにひきかえ『坂の上の雲』の最終章「雨の坂」はなんと暗いことか。どうにかこうにか国家独立を守りえたにもかかわらず、その後の歴史はあらぬほうへ進んでいく。「勝利が国民を狂気にする」事実を書かなかった司馬さんの筆は、むしろ愁いにみちている。

# 二〇三高地より近代日本の黎明を思う

川村　湊

## そこには、「近代日本の青春」がある

『坂の上の雲』は、明治の青春を描いた小説である。主な登場人物は、秋山好古《よしふる》（日本陸軍大将）と真之《さねゆき》（日本海軍中将）の兄弟、それに彼らの友人で俳人であり歌人であった正岡子規だ。軍人と文学者（文人）という取り合わせは、現在の我々の眼から見れば、やや奇妙なように思える。しかし、明治という時代においては「軍事」も「文学」も、それは西洋から新しく伝来してきた新式の「輸入物」にほかならなかった。「君は軍人、僕は文人」というコースの選択は、明治の維新期をかいくぐってきた若者たちにとっては別段驚くほど懸け離れたものではなかったのである。「理系」と「文

系」などといった区別はなかった。極端にいえば、社会や国家に「有用」な学問（軍事学のような）と「無用」な学問（文学のような）との差違や差別もなかった。西洋列強諸国に追いつき、追い越すためには、蜂のように胴体のくびれたパーティ・ドレスを着て、鹿鳴館の舞踏会で踊ることも必要だったし、そこで沙翁（シェークスピア）の劇やギョエテ（ゲーテ）の詩についていっぱしのことを語ることも「国家的」な必要性と有用性を持っていたといえるのである。

この小説を、数ある司馬遼太郎作品の中でも、ナンバー・ワンにあげる人は多い。『竜馬がゆく』や『菜の花の沖』のように、質量とも『坂の上の雲』に匹敵する大作、力作は司馬作品に少なくないが、明治の青春というより、まさに「近代日本の青春」そのものを主題としたようなこの作品は、吉川英治の『宮本武蔵』や山岡荘八の『徳川家康』と並んで、日本の「国民文学」の地位を占めているといってよい。ただし、秋山兄弟にしても、正岡子規にしても、宮本武蔵や徳川家康のような歴史上の人物に比べると、その知名度はぐっと落ちる。そうしたある意味では非有名人を主人公として「国民文学」を作り上げたところに、司馬遼太郎という小説家の真骨頂があるのかもしれない。

彼は、日本の主要な四つの島の中でも、一番小さい「四国」島を、密かにヒイキしていたフシがある。

『竜馬がゆく』の主人公・坂本龍馬はいうまでもなく土佐の高知出身、土佐っぽである。秋山兄弟・正岡子規は、伊予の松山・道後温泉で産湯を使った人たちだ。彼の代表的な長編小説の主人公たちが「四国」出身であり、しかもそれらの人々についての司馬氏の評価は高く、彼らに注ぐ視線は温かい（戦国時代の四国の武将・長宗我部元親《ちようそかべもとちか》を描いた『夏草の賦』や、土佐の山内容堂を描いた『酔って候』、さらにやはり正岡子規のことなどを書いた『ひとびとの跫音』などもある）。

逆に、近代日本の政治的、社会的な牽引車となったのは、薩長政権といわれるように薩摩・長州の出身の人々だったのだが、彼らに対する司馬氏の眼差しは、概してあまり好意的なものではない。伊藤博文、井上馨、山県有朋、大久保利通、黒田清隆、山本権兵衛と並べてみると、司馬遼太郎の作品の中では彼らはむしろ「悪役」か、あるいは「脇役」にしか過ぎないのである。西郷隆盛（『翔ぶが如く』）、大村益次郎（『花神』）はその例外だが、彼らは薩摩・長州の志士であっても、明治の元勲となった人々とは違って悲運に終わった者なのであり、そこにも司馬氏の小さいものや、弱いもの、政争において負けてしまった者についての〝判官《ほうがん》ビイキ〟があったと思われるのである。

さて、旅順である。

『坂の上の雲』は、日本に騎兵団を作り、日清戦争では旅順攻略戦を行い、後に陸軍大将を務めた秋山好古と、日露戦争の日本海海戦を指揮した海軍中将の秋山真之の兄弟と、その兄弟の同郷人・正岡子規の三人を中心とした、日本の軍人と文人の青春時代を描いた小説といえるのだが、その主要人物のうちの一人、正岡子規は巻数が半分もいかないうちに、〝病床六尺〟の闘病生活の果て、三十五歳の若さで夭折してしまう。だから、この三人が主人公とはいいながら、実は三人が三様に関わった日清と日露の、日本にとっての初めての「近代戦争」が主眼なのであって（子規は、日清戦争に記者として従軍している）、そこでは一種の「戦争絵巻」や「戦争錦絵」、そういう言い方が古すぎるとすれば、「近代戦」の報道写真やニュース映画のような臨場感溢れた「戦争」描写が作品の中でも圧巻となっている。

## 「軍港」旅順ゆえの不自由な旅

日露の戦争では何といっても、旅順攻略戦（二〇三高地陥落戦）と日本海海戦である。北方の大国ロシア帝国と血みどろの戦いを行った日本は、かろうじてこの強敵を圧倒し、〝勝利〟を勝ち取った。楽勝ではもちろん、ない。辛勝でもなく、ただ負けではなかったというところだろう。ベトナム戦争で、世界の経済的・軍事的超大国のアメリカにベトナムが勝ったように、世界史の中には稀にはそうしたことがある。日露戦争における日本の勝利も、そのようなレベルで考えるべきだ。『坂の上の雲』には、この旅順攻略戦と日本海海戦が重要な「場面」として描かれるのだが、日本海海戦はロシアのバルチック艦隊を迎えての、文字通り日本海の海上での戦闘であって、対馬海峡の沖ノ島近辺の海域で行われ、海の上には、もちろん「つはものどもが夢の跡」を偲《しの》ばせるようなものは何もない（はずである）。

それに対し、旅順攻略戦は陸上戦であり、有名な「二〇三高地」を始めとして、戦跡や記念物、構築物の跡が現存し、『坂の上の雲』に描かれた「戦争」の舞台を見学しに行くにはおあつらえ向きの場所だ。私は、司馬氏が『街道をゆく』で行ったように、ぶらっと旅順戦跡巡りの旅を行おうと思い立ったのである。

だが、問題点が一つ以上、ある。旅順は、つい最近まで中国の都市では数少ない、外国人旅行客にとっての「未開放都市」となっていて、外国人旅行客を受け入れてはいなかった。一九九六年春、ようやく旅順の市内の一部が外国人観光客にも「開放」されるようになったのだが、隣りの街の大連や、上海や北京のように、外貨を落としていってくれる観光客は、誰でもいつでも〝熱烈歓迎〟というわけにはいかないのだ。もちろん、その理由の大きなものは、日露戦争の時代から旅順、すなわち旧名・旅順口は、軍事要塞であり軍港であって、現在でも中華人民共和国人民軍の重要な軍事拠点であるからだ。

実際に、朝靄《もや》のかかった旅順の港沿いの道路を車でノンストップで走ったのだが、海側は軍事施設のため立入禁止として金網が張り巡らされ、海水浴場としてのビーチが窮屈そうにその中にあった。灰色の戦艦の浮かぶ港内は、やはり靄がかかっていて、その数を数えることさえできなかった。車を降りて、カメラで写真を撮る勇気など、私にはなかった。

自由にあちこちと歩けない、かなり不自由な旅を覚悟しなければならないのである。

## 日露両軍の鮮血を吸った海抜二〇三メートルの山

先走り過ぎたが、まず大連である。

遼東半島の先っちょにあるこの町は、昔より、日本から「関東州」そして「満洲」へ渡る場合の玄関口だった。

昔は門司―大連航路、現在は成田や関西空港、福岡などからの直行便が大連《ターリエン》国際空港に飛んでくるのである。現在、新しい空港ターミナルの建物を建設中の大連空港は、中国の地方都市の鉄道駅前のようにごった返している。ホテル（旅館）やタクシーの客引き、待ち合わせ、客迎えの人々、物売り、単なる暇そうな見物人といった人々が、狭い仮の税関の建物前に蝟集《いしゅう》しているのである。

これらの人込みを掻き分けて、待っていたガイド（通訳）さんに案内され、運転手付きの黒塗りの車に乗り込む。ガイドさんは、二十代のうら若き女性。「日露戦争」の戦跡巡りの案内人としては、やや不安がある。だが、結果的には日本とロシアの戦争のことなどに、あまり興味も関心もないような中国の若い世代だからこそ、旅順戦跡なども客観的に「歴史的事実」としてとらえることができるようで、侵略主義者たちの「夢の跡」を巡る私の旅の添乗員として、終始クールに接してくれたのである（ガイドによっては、日本の侵略主義を批判したり、戦跡巡りの「反動性」や、中国人民との友好の演説をブッような人物もいないことはないのである）。

大連から旅順へは車で一時間弱、快適な舗装道路を走って旅順市内へ入り、旅順火車站（鉄道駅）や、旅順博物館の前の広場を過ぎて、「二〇三高地」へと上る公園へとたどりつく。あたりにはリンゴ畑が多いが、公園ではちょうど「桜の祭り」（？）

という催し物が行われ、日曜日ということともあって三々五々、桜見物の人々が集まっていた。中学生の一団が手に手に腰掛けを持って、公園から下りてきていた。何かの記念集会があったらしい。

しかし、海抜二百三メートルの高さにある「二〇三高地」での激戦を記念する「爾《に》霊山《れいざん》」という文字を浮き彫りにした砲弾型の慰霊塔は、たちこめる靄の中で、ぼんやりと灰色の空を背景に浮かび上がってみえるだけである。

『坂の上の雲』の「二〇三高地」の章には、死闘の後にようやく日本軍が奪った高地の頂上に観測所が設置され、観測将校に児玉源太郎満洲軍総参謀長が「そこから旅順港は見えるのか」と聞いたという有名なエピソードが書かれている。二〇三高地という、ただの小高い丘そのものにはさして戦略的な意味はなかった。ロシア軍と日本軍がここを先途と血を血で洗うような戦闘を行ったのは、二〇三高地の頂上から旅順港を眺め下ろすことができ、そこから港内に遊弋《ゆうよく》するロシアの旅順艦隊を二十八サンチ榴弾砲で砲撃し、それを撃沈するという戦術を日本軍が考えていたからである。

もし、せっかく奪い取った二〇三高地から旅順港が見えなかったとしたら、六万人といわれる日本軍の戦死者は犬死にということになる。「そこから旅順港は見えるのか」という児玉総参謀長の声が真剣ならざるをえなかったのは、むべなるかなといわざるをえない。

「見えます。まる見えであります」。観測将校の電線を伝わって聞こえてくる声は、明るく弾んでいたことだろう。

## 今も残る「爾霊山」の慰霊塔

見えない。どんなに目を凝らしても、こんな霧のように冷たい靄（ガス）の中で、山の下にある旅順港どころか、一寸先も見えないほどだ。石積みの台座の上に、砲弾型の慰霊塔が建てられ、そこに「爾霊山」と浮き彫りにされているのだが、その文字さえも靄にぼんやりと霞んでいる。昔の写真と見比べてもその形や位置は同じで、確かに日本側が二〇三高地の陥落とロシア軍の降伏、すなわち日本の大勝利を記念して建てた当時のままのものと思われる。「爾霊山」の名前は、「二〇三」（二零三《にれいさん》）にちなみ、さらにこの旅順攻略戦の総指揮者だった乃木希典将軍の次の漢詩に拠っている。

爾霊山嶮なれども豈《あに》攀《よ》じ難《がた》からんや
男子功名　艱《かん》に克《か》つを期す

鉄血山を覆うて　山形改まる
万人斉《ひと》しく仰ぐ　爾霊山

「爾の霊の山」、乃木将軍はこの二〇三高地の攻略戦で、次男の保典を戦死させている。長男の勝典《かつすけ》は、その前の旅順攻撃の際に銃弾に倒れ、戦死している。二人の息子を失った戦場を「爾の霊の山」と呼んだ老将軍の絶唱は、これ以外の名称でこの山を呼ぶことを禁じることになったのである。その「爾霊山」という山の名を刻んだ慰霊塔が、新中国となり、社会主義革命、文化大革命、経済開放を経ても、旅順の山の上にまだ残されていた。むろん、それは積極的にではなく、誰もそんな古びた戦跡に興味を持たず、破壊するだけの手間暇を惜しんだから、結果的に今まで残されたということだろう。

　旅順が外国人観光客に開放され、日本人観光客が「二〇三高地」を訪れるようになってから、慰霊塔までの石畳の道や、土産物屋や駐車場なども整備された。たぶん、それまでは、この慰霊碑は赤錆びて、灌木や草に覆われて、そこにたどり着く道さえも失われていたはずだ。日本人の観光客相手に、日露戦争戦跡ツアーの「商売」をすれば外貨獲得ができるかもしれないと、利に敏い中国の商売人が考えるまでは。

## 乃木希典の「面子」に死した一兵卒たち

『坂の上の雲』は秋山兄弟が主人公だが、旅順攻略戦の章ではもちろん乃木希典、そして児玉源太郎が主要な登場人物となっている。そして、ここには司馬遼太郎の「乃木希典」観が、遠慮会釈なく書き込まれている。司馬氏の「乃木希典」評は、一言でいえば「無能」ということである。無能にして無策。

司馬氏の乃木評価は、たとえば乃木将軍の生涯を描いた『殉死』を見ても明らかな通り、軍人として徹底して「無能力」な人物だったということだ。

いったん戦術を決めたら、どんなにそれが失敗し、犠牲者の山を築きあげたとしても、その攻撃法に固執する融通のなさ。臨機応変な対応よりは、教科書で習ったような戦術を千年一日の如く繰り返す旧套墨守性。前線からほど遠いところに司令部を置き、戦況を把握もせずに、机上で作戦を練るだけの現実対応性や機敏さの欠如。乃木に任せていたら、この戦争は負けると案じた児玉源太郎は、陸軍大将・満洲軍総参謀長でありながら、自ら一線の指揮をとらねばならぬと決心した。乃木の朋輩だった彼は、戦争下手な乃木に任せていたら、みすみす犠牲者を増やし、すでに死屍累々となっている旅順の戦場にさらに日本兵の屍を晒すことになることを恐れたのである。

しかし、なぜこのような「無能」な軍人が、軍の位階を駆け上って大将ともなり、司令官ともなって前線の軍司令部を指揮するようになったのか。乃木希典が軍人として立身したのは、ひとえに長州閥の一員であったというその門地によるものだが、もう一つ、彼が軍人としては「無能」のワリには人に愛される性格を持ち、明治天皇を始めとして、大山巌や児玉源太郎といった先輩、同輩たちからも、その純朴で律儀、不器用な人となりが愛されていたからである。

それが彼の何度戦略上の誤りを繰り返しても、指揮官としての名誉を剝奪されることなく、その面子《メンツ》を立てさせてやろうという、過保護の立場に立たせられた理由である。

馬鹿の一つ覚えのように突撃命令を繰り返し、ロシア兵の銃撃、砲撃で全滅状態になっているのを知りながら、なおかつ同じ戦法、同じ攻撃法を繰り返させる「無能」の指揮者。軍神そして乃木神社の祭神とまでなっている乃木将軍は、当時でも稀に見る「見かけ」や「恰好」だけにこだわる軍人だった。彼は服装だけでなく自分のスタイルにこだわり、柔軟な思考よりは硬直した既成概念を重視し、失敗や敗北から何も学ぶことなく、帰納法ではなく演繹法によって「戦争」を行おうとする戦争エリートであり軍人バカなのである。

日本の軍隊には、こうした乃木希典のような「無能者」がより出世するという通弊があった。日本的集団の特徴は、軍隊であれ企業であれ、いかなる組織にあっても、失敗し、大きな犠牲や損害を蒙らせた人間ほど、その責任を問われることなく、むしろどんどんと出世してゆくという奇妙な人材登用法があることだ。アジア・太平洋戦争では、大きな作戦を立案し、それが現実的に大きな被害を自分たちに与えれば与えるほど、その責任を追及されるべき人間が、むしろ免責されて、さらに重要な地位に就き、その過ちを拡大して繰り返すということがあった。東條英機、辻政信、瀬島龍三といった軍人たちがそうであり、彼らは作戦に失敗し、多くの兵士たちに犠牲を強いたはずだのに、その責任どころか反省や後悔といったものさえウヤムヤとなり、より大きな、より強い権限を保持することになるのである。

もちろん、これは日本的組織の上から下まで通じる無責任体系にほかならず、昔から今まで続いてきた、人の上に立つ者が「責任をとらない」という伝統の表れにほかならない。ある一人の幹部の失敗は、その上にいる者たちの連帯責任を引き起こしかねない。一番いいのは、失敗した人間をもっと上のポストに上げ、そのことによって責任体系をウヤムヤにし、アイマイにしてしまうことだ。一兵卒の犠牲死よりも、参謀本部や総司令部では、乃木希典の「面子」や「プライド」を潰したり傷つけないことのほうを重要視したのであり、そんな上層部の人たちの下で生命を懸けて「戦争」をしなければならなかった日清・日露、アジア・太平洋戦争の一兵卒たちこそ、いい面《つら》の皮だったのである。

## 中国人の商魂が復元した「水師営」の遺跡

もう一つ、外国人観光客（といっても、日本人観光客ばかりだが）にとって開放されているのは「水師営」である。今では周囲に住宅や土産物屋、食堂ができて、すっかり街の中という感じになっているが、昔はまさに庭の隅に棗《なつめ》の樹の植わっている、古びた普通の農民の住居だったのだろう。庭の真ん中に、「大正五年」という年号の入った真新しい石造の案内板が建てられており、ここが「観光地」としてごく最近整備されたものであることがわかるのだ。「二〇三高地」とは違って、ここは日本の敗戦後、たぶん真っ先に中国人によって破壊された遺跡なのではないだろうか。だが、「水師営」に壊かしみを感じる人たちは日本人の中にはまだいるということを知り、それらの日本人観光客を目当てに、食堂や土産物屋を開いて商売しようという中国人の商売人が、イデオロギーとは無関係に「水師営」を復元させたのではないだろうか。

旅順開城　約なりて
敵の将軍　ステッセル
乃木大将と　会見の
所はいずこ　水師営

庭に一本《ひともと》　棗の木
弾丸あとも　いちじるく
くずれ残る　民屋に
今ぞ相見る　二将軍

佐々木信綱作詞のこの「水師営の会見」は、戦前の小学校教科書の教材となって、全国の小学生に歌われた。私はもちろん戦前生まれではなく、こんは歌も長じてからものの本によって覚えたのだが、この歌とまったく同じ内容の「水師営」の遺跡が復元されているのを見て、歴史の事実というより、「歌」の中の「物語」として「水師営」が残されていることに、呆然とする思いがしたのである。

朽ち果てた民屋と、その薄暗い内部。日本軍側とロシア側の控え室があって、会見の行われたロシア側の部屋に入って、木の長机の長椅子に坐ると、なるほど、ロシア人の座高に合わせたのか、私には少し机の背丈が高過ぎるのだった。庭の一隅には棗の木があり、まさに「水師営の会見」の内容を具現化しているのである。

だが、もちろんこれは史実ではなく、「歴史物語」であり「文学」にしか過ぎない。

「昨日の敵は　今日の友／語ることばも　うちとけて／われはたたえつ　かの防備／かれはたたえつ　わが武勇」

旅順攻略戦が、そんな牧歌的なものでなかったことは、『坂の上の雲』にも、『殉死』にも書かれている通りである。それはロシアにとっても日本にとっても、「近代国家」への脱皮と新生をはかるためのきわめて重要な戦争だったのであり、一歩間違えれば日本は「国家」の体裁をなすことなく、列強によって植民地として分割させられるという憂き目に遭っていたかもしれない。そうした危機を回避できたのは、何よりも「国家」に殉じるという多くの一兵卒たちがいたからであって、彼らの犠牲によって旅順攻略戦は勝利を収めることができた。それは乃木将軍のお陰ではない。むしろ、乃木将軍という「無能」な司令官の指揮にもかかわらず、兵士たちはよく戦ったのであり、日本の庶民たちはまさに近代の「国家」を作るための礎《いしずえ》となったのである。

## 軍港を隠すかのように、山頂はどこまでも霞んでいた

司馬遼太郎は、乃木希典に対して、相当に皮肉っぽい態度をとっている。彼は長州閥の末席にいたからこそ、西南の役で一軍の将でありながら軍旗を奪われるという失態を演じても、特段に責められることなく、順調に軍隊の位を昇っていったと司馬氏は書いている。彼は軍人というより、むしろ詩人であり、戦場で戦闘の指揮をとるより、「詩」を吟じていることのほうが、彼には似合っていたのであり、そして遥かにそちらのほうの才能があったのである。

そうした彼が、明治という青春国家の中で、「軍人」にしかなりようがなかったということが、彼にとっても、彼の多くの部下たちにとっても不幸だったといえるかもしれない。長州閥ではなく、旧幕臣であったり、あるいは佐幕派の旧藩士であったりすれば、彼は操觚《そうこ》の輩として、政府や軍隊を弾劾し、攻撃する文章に筆を振るっていたかもしれず、そこで彼の「詩人」としての才覚は十二分に活かされていたのかもしれない。

前にも述べたように、明治は「軍事」と「文学」とが、「軍人」と「文人」とが未分離であり、秋山兄弟と正岡子規とが、深い友情で結ばれているような日本の「青春

時代」だった。『坂の上の雲』で描かれた乃木希典は、そうした時代に生きながら、あえて「軍人」という非才の才に自らを賭けてしまったのである。

それは彼の不幸であると同時に、「近代日本」の不幸でもあったことを、司馬氏は、秋山好古・真之の「軍人」兄弟との比較において証明しているのである。

私の訪れた「二〇三高地」には、白い靄が見通しのきかないほどにかかっていた。高地に登る途中、坂の上の靄を見ながら、私はあそこまで行けば、靄は晴れ、麓の旅順の街、そして旅順の港が見えるかと期待しながら登っていった。

だが、四月の山の靄は、軍港・旅順を秘密のベールでとざすためのように、いつまでも晴れあがらなかったのである。

# 第四章
# 司馬作品の魅力

# 『竜馬がゆく』がいつも勇気をくれた

孫　正義

## 竜馬に学んだ男の生きざま

私はこれまで、織田信長と坂本竜馬に大きく影響されてきたと思う。

織田信長からは、その戦略眼を参考にしている。信長は人生五十年と心得、天下統一までのプランを早くに立てた。私も二十代で事業を興し、三十代で資金を稼ぎ、四十代でひと勝負をかけ、五十代で成就させ、六十代で継承しようと、若いときに思ったものである。

坂本竜馬からは、男としての生きざまを学んだ。竜馬に関する本はたくさん読んだが、司馬遼太郎の『竜馬がゆく』に登場する坂本竜馬が最も心に残っている。いや、心に住んでいるといったほうがいいかもしれない。

私は同じ本を二度読み返すということはほとんどないのだが、この本だけはこれまでに三度読んだ。

人生を歩んでいくうえで大きな選択を迫られたとき、そばにはいつも竜馬がいた。奇しくもそれは、私の転機となった。

最初に読んだのは、一五歳のとき。翌年、私は高校を中退し、故郷の佐賀を離れ、アメリカに留学しようと心に決めている。

渡米前に折悪く、父が肝臓を患い、吐血して緊急入院した。家族や親戚から「家族がこんなに苦労しているときに、一人でアメリカに行くつもりか」と猛反対された。

私はそのとき、大いに悩んだが決意した。

――大きな義をとるためには、時として人を泣かすことがあってもしようがないじゃないか。人生の中でここぞというときは、大義をとらなければならないことがある。家族には、いつか恩返しができる日が来るだろう。

保守的な土佐藩を見切り、脱藩した竜馬の心境だったのである。

脱藩は大罪で、罪は親類縁者に及ぶ。坂本家の家門の維持に関わることだった。実際、姉の乙女を離縁せしめ、もう一人の姉、お栄には自害までなさしめている。

竜馬の脱藩には、何か明確な志があったわけではない。北辰一刀流免許皆伝の腕を持ち、千葉道場の塾頭。土佐に道場を開こうと思えばいつでもできた。だが、一介の剣術師で終わるという人生には満足できない。

竜馬は表向きは攘夷論者だったが、勤王志士として名を馳せた同藩の武市半平太とは一線を画した。竜馬は漠然と、もっと大きな事を考えていた。ただ船が好きでペリー来航では厳重取り締まりのなかを潜り抜け、浦賀まで見物に行ってしまう。この大きな時代の動きにどう乗るか、だけを考えた。

私も同じだった。

留学を決意したのは、ただアメリカが見たかっただけだ。そこで何がしたいのかよくわからない。

その頃、自分は将来、ただ漠然と、クリエイティブな仕事をしたいと思った。国をつくる政治家か、真っ白なキャンバスに絵を描く画家、または純真無垢の子供を育てる小学校の先生、それか事業家になろうと夢見ていた。

とにかく竜馬の脱藩は、私をアメリカへと衝き動かした。

## 死を宣告されても力が漲った

二度目は、病床で読んだ。

一九八一年に会社を興して二年後、慢性肝炎で入院した。その後三年間は会長に退き、入退院を繰り返す。医者からは「あと数年の命」と言われ、非常に落ち込んだ。人生って何だろうと自問自答した。そんなとき、また『竜馬がゆく』を開いた。すると竜馬が問いかけてくる。お前は何をくよくよしているんだ。自分一人の命なんて、高が知れている。たとえ死を宣告されたとしても、それまでは面白おかしく生きればいいじゃないかと。

どんどん元気になった。力が漲《みなぎ》ってくる。男っぽくて爽やかで、せせこましいところがなく、痛快。でっかい欲があって、小欲がない。盥《たらい》のような器を持っている。そんな竜馬に憧れた。竜馬のように生きてみたいと思った。

話は逸れるが、竜馬を取り巻く女性のなかで、私は、土佐藩家老福岡家の息女、お田鶴さまが好きだった。上品で知的、かつ控えめなところがある。お田鶴さまの前では竜馬も、心の内をすらすらと喋ってしまう。もう非の打ちどころのない理想の女性である。竜馬がものすごく羨ましかった。

三度目に読んだのは、九四年七月に株式を公開したすぐ後である。これから二年をかけて、アメリカの展示会「コムデックス」や、ジフ・デービスの出版部門など、総額約三〇〇〇億円の買収をしようというときである。

無茶な投資と言う人もいた。もちろん私にとっては、すべて計算し尽くしたうえでの投資なのだが、そのときこう思っていた。

――株式公開したからって、守りに入り、年間二割や三割ずつ売り上げを伸ばしていったってしようがない。どうせ一回しかない人生、悔いを残さないようにガンガンやろうじゃないか。そのほうがずっと面白い。

そして現在に至る。九七年度は連結で年商三〇〇〇億円を超えるだろう。だが、私の夢はこんなものではない。二一世紀には年商一兆円、いずれはデジタル情報産業のインフラ提供者として世界一の会社になってみせよう。

## 商才とは「創造する力」のこと

竜馬は事業家だった。

私が考える事業家というのは、金儲けが主眼の商人ではない。新しい物を創造して世の中に貢献し、結果として利益を得る。その利益でさらに大きな何かを創造していく。これを喜びとする者のことだ。

竜馬がつくった海運会社、亀山社中は、日本で最初の株式会社だった（むろん当時株式というものは、言葉さえない）。竜馬の構想は、まず諸藩に金を出させて軍資金を稼ぐ。そして外国製の兵器を各藩に売り、幕府を倒してしまう。さらに新政府をつくって自分の会社を国策会社にし、世界貿易をやろうというものだ。商売で得た利益を新しい展開への源とする。まさに事業家の発想であろう。

会社設立に当たり竜馬は、

「長崎に根拠地を置き、内国貿易では長崎・大坂のあいだを往復し、密貿易にあっては長崎・上海間を往復する。往復するだけで莫大な利益になります」

と薩摩藩を説き伏せ、出資させた。

さらに、返す刀で長州藩に向かった。

このときまだ徳川幕府の力は健在である。幕府は尊王攘夷を掲げる長州藩を目の敵にし、長州征伐を行っていた。

そこで竜馬は桂小五郎に会い、「長州興亡に関する妙案」を打ち出した。

「長州藩は、幕府と戦う。十中八、九、長州の負けだ。が、勝つ方法はある。軍艦と洋式鉄砲を買うことだ」

しかし外国商社は、日本の公認政府である幕府以外に兵器を売ることはできない。そこで竜馬は幕府の後ろ盾となっている薩摩藩の名義で買えばいいと言った。

桂には、竜馬の真意がわからない。

長州藩にとって、薩摩藩は尊王攘夷の志を同じにする友藩だったが、文久三年（一八六三年）に薩摩が寝返り、会津藩と組んで幕府の側につき、長州藩を一掃した。長州藩はこの恨みが骨髄に達している。薩摩と手を組むことなど、できるはずがない。

しかし竜馬は「恨みは恨み、現実は現実」と喝破した。亀山社中が薩摩藩の名義で軍艦を買い、それを長州に回すという方法を提示する。こうして薩長同盟が果たされた。竜馬は利をもって両藩の手を握らせたのである。

会社の利益は、出資した藩に配当を回している。竜馬が編み出したのは、商社の原型だった。大変な商才を感じる。もちろんこの場合の商才は、金儲けの才能ではない。創造する力のことである。

## 竜馬はまるで兄貴分

三菱の創始者である岩崎弥太郎は、竜馬と同じ土佐の出身である。竜馬とはあまり仲が良くなかったようだが、もし彼が生きていれば、竜馬に最も影響を受けたと言うに違いない。岩崎は、竜馬の遺産の多くを受け継いだ人ではないかと思う。

地下浪士だった岩崎は、土佐藩仕置家老の後藤象二郎（後に農商務大臣）に見出され、長崎と大坂にあった土佐商会（土佐藩経営）の長となった。そこで竜馬と同じ、海運業に携わっている。

土佐商会は明治に入り、九十九商会となり、後の三菱商会の前身となった。三菱商会は、以後、日本で最も有力な財閥となった。これこそ、竜馬の夢の果てだろう。もし竜馬が明治時代も生き続けていれば、三菱グループよりももっと大きな財閥をつくっていたに違いないと思う。

竜馬は若くして暗殺されたために、私には、一般の歴史上の偉人のような、雲の上の存在という感じがない。それは、ユーモアと愛情を持った司馬遼太郎さんの表現法にもよるのだろう。竜馬に対して畏敬の念を覚えるということもなく、非常に身近に感じられる。まるで兄弟分のような、あるいは同志のような気がしてならない。

とまれ竜馬は三三年の生涯で、徳川治世三〇〇年のパラダイムを、根っこから全部引っ繰り返してしまった。

翻って現代、今の日本の実業界には、新たな産業を興し、仕事のやり方に革命を起こすことが必要だろう。不遜ながら、私がその一翼を担っていければと思う。

たった一回しかない人生を痛快に生きてみたい。

# 『国盗り物語』を貫く「街道」への思い

童門冬二

## 「わしはいつも街道にいる」

『国盗り物語』の中で、主人公のひとり庄九郎（斎藤道三）がつぎのようなことをいう。
《わしはいつも街道にいる……街道にいる者だけが事を成す者だ。街道がたとえ千里あろうとも、わしは一歩は進む。毎刻毎日、星宿が休まずにめぐり働くようにわしはつねに歩いている……》
最初「街道にいる」ということばをきいたとき、同衾していた庄九郎の女パトロンお万阿が、
「縁側でなく？」

とききかえす。それに対して庄九郎は、

「そうだ、街道にいる」

とおなじことばをくりかえすのだ。この〝街道にいる〟という庄九郎の心のもちかたが、司馬遼太郎さんの全作品をつらぬくモチーフだったのではないか、とひそかに思っている。

お万阿の、

「縁側ではなく？」

というのは、

「書斎ではなく？」

という意味にとれる。そしてこれに応ずる庄九郎の、

「そうだ、街道にいる」

というのは、

「まちにいる」

と受けとめ得る。寺山修司さんの、

「書を捨てよ、街に出よう」

の思想だ。これは流動者の精神と行動であって、〝一所懸命〟の価値感にしがみつ

く定住者の発想ではない。つねに "なにかをつくり出し"、"そのためになにかをこわしていく〞変革者の発想だ。

その意味で、わたしは司馬さんの作品は、

「全作品が、まとめてひとつの大作」

だと思っている。しかも未完の。司馬さんは庄九郎とおなじように、いつも、

「街道を行くひと」

であった。孤独者である。孤独者が果てしない街道を歩みつづけるために必要なのは、

「強力な自己支持」

だ。自己支持は、
・いま自分がおかれている状況の正確な認識
・その状況に対する自己行動の選択肢の設定
・その中からひとつをえらびとる決断と行動
というプロセスをたどったのち、

「えらんだ行動はまちがっていない」

という自己肯定によって成立する。となると、逆に自分を苦しめる、

「自己否定」

あるいは、

「過度な反省と自己追求」

はしりぞけざるを得ない。自分に不利なことが起っても、

「なぜこうなったのか？」

と、その原因追求の泥沼でのたうちまわるようなことは避ける。それよりも、

「こうなった現実をどう解決するか」

という、前向きの人生態度をとる。この〝向日性〟が、すべての司馬作品の主人公の性格だ。だからこそ多くのサラリーマンを勇気づけた。太宰治のいった〝ヒマワリかカボチャのツルの思想〟だ。つまり、

「わたしはなにも知りません。ただのびていく方向に陽が当るんです」

という、自己信仰にちかい向日性だ。

## 道三の遺志は信長と光秀へ

となると、えがかれる作品の舞台（時代）はその〝向日性〟がいやがうえにも発揮される場がのぞましい。

日本の歴史の中でこれを無条件に可能にするのは、なんといっても戦国時代と幕末維新の時代だ。

なぜなら、このふたつの時代は、

「人間の能力が足し算でなく、掛け算になった時代」

だからだ。人間の能力が掛け算になった、というのは、ふつうの時代なら百の能力の人間と百の能力の人間が出会っても二百にしかならないが、戦国や幕末だとそれが掛け算になって一万になる、ということだ。

このパワーが歴史をうごかし、歴史を変える。つまり、

「人間が相乗効果を起す時代」

なのだ。

そしてこれにさらに加速度を加え、増幅するのがその時代に生きたひとびとの、

「かぎりない上昇志向」

である。司馬作品の多くが、

「サクセス・ストーリー（出世譚）」

なのはそのためだろう。だから司馬さんの作品は日本の上昇期でとりあえずのカンマを打っている。下降期のくらい時代の主人公までは小説化されなかった。

この上昇志向人間の行動をあますところなく、またその後の司馬作品の原型のような位置を占めるのが『国盗り物語』なのだ。

司馬さんのことばによれば、

「道三が中世の崩壊期に美濃にあらわれ美濃の中世体制のなかで近世を予想させる徒花《あだばな》を咲かせたが、その種子が婿の信長と、道三の近習であり、道三の妻小見の方《おみのかた》の甥であった光秀にひきつがれた……」

というのがこの小説のテーマだ。だから主人公も斎藤道三・織田信長・明智光秀ということになる。そして「国盗り」の〝国《くに》〟も、

・道三の場合は、美濃という国

・信長、光秀の場合は、天下という日本国

をさす。道三に天下人志向がなかったわけではないが〝三バン（地盤・看板・カバン）〟のない道三（庄九郎）が、徒手空拳の身で美濃一国を盗るのには、時間がかかりすぎた。道三のパワーも尽きてしまった。そこで道三にすれば弟子筋の信長と光秀が、その遺志をついだ、ということとなのだ。

三人の主人公に対しては、読む人によって評価がちがう。

「明智光秀がもっともよく書けていた」

という識者もおられる。それぞれのおかれた立場での主人公への関心、好悪、自己移入の度合などで異なるのだ。歴史というのはそういうもので、いま生きているわたしたちのそれぞれの角度から、三百六十度方位で評価が可能だ。

「かれはこういう人物だった」

というキメつけは短絡である。

## 司馬式文体の神髄とは

さて（こういう文章のギアチェンジの用法自体が、わたしがかなり司馬さんの影響をうけていることを物語っている）、

・わたしが司馬さんの作品からまなびとった（盗みとった？）発想や文体

・わたし自身が前もって保持していた発想や文体が、司馬さんの作品によって増幅強化あるいは認知されたもの

などをチラつかせながら、わたしなりの『国盗り物語』の分析を改めておこなってみたい。早くいえば、

「わたしの読みとった『国盗り物語』」

の再掲である。

前に書いた、

「自己支持（自己肯定）」

は、

「自己における精神管理をどうおこなうか」

の問題でもある。特に、

「つぎつぎとおそう精神の危機管理をどうおこなうか」

ということが、その人間の本領発揮の試金石になる。正念場になる。『国盗り物語』の主人公たちから学んだのは、まず、

・思想の明晰化

ということである。これには、

・思考の中で生ずる夾雑物を捨て去る

・思考の気ままな発酵をゆるさない、特に自分を苦しめる思念の発生は菌《きん》の段階で抹殺する

という行為が必要だ。これには相当な決断と強靱な精神力が要る。司馬作品の主人公たちはこれを断行していく。

この脳内行動を具現化するのが表現だ。具体的には文章だ。いきおい文章は、
・わかりやすい
・〝いかに〟というレトリックよりも、〝なにを〟という内容に重きをおく
・説得性がある
・リズムがある
という条件を求められる。司馬作品はこれらの条件をすべてみたしている。さらに〝説得性〟を強化するのに、
・意表をつく発想
・既成知識への新解釈
・新しい発見の提示
・使う用語・用字への新しい意味の付与
などがある。これらのことについて司馬さんは大変な〝職人〟であり、文章技術だけでもわたしなどのおよびもつかない〝巨人〟だ。

また、

「つねに街道にいる」

という意識に立つ司馬作品は、

・すぐれた日本の旅の案内者
　であり、
・過去と現在の〝その地域（場所）〟の比較でも、コロンブスの卵的先導性を示した。
司馬さんの作品に刺激されて、日本のあちこちへ出かけていった読者はおおぜいいたはずだ。これが、

「現在《いま》、現今《いま》」

という、新しいルビ（ふりがな）のふりかたによって、現在や現今に現時代的な意味を付与しながら、その場所や建造物や自然の、過去と現在の変遷を親切に告げる、司馬式語り部の手法である。

　これは、

「かならず現地にいって事物をたしかめる」

という歴史ものを書く者にとって欠くことのできないいとなみを、わたしは完全にまなんだ。その事物の描写をたとえ一行でも挿入するときは、わたしもかならず現地にいく。観光案内的なものを読むだけではけっして書かない。書いてはいけないと思っている。

　現在《いま》、現今《いま》という司馬式ルビのふりかたについて、もうすこし『国盗り物語』での

例をあげてみよう。

岩彩《えのぐ》、低声《こごえ》、斥候《ものみ》、極楽《いいところ》（思わずクスッとわらっちゃう）、表情《かお》、詭弁《へりくつ》、流行歌《いまよう》、設計《なわばり》、運命《ほし》、機会《しお》、肉体《しきしん》、密談《はなし》などなど。

　これらのルビは、多少予備知識のある読者への〝知的ゲーム〟の提起なのだ。

　たとえば「流行歌」の〝いまよう〟は〝今様〟と書く。〝今風《いまふう》〟ということだろうが、後白河法皇が集めた〝梁塵秘抄《りょうじんひしょう》〟など典型的な今様集であり、それこそ現在《いま》のことばを使えば〝カラオケソング集〟なのである。〝設計《なわばり》〟も、古いことばの〝縄張り〟からきている。

　〝運命《ほし》〟も

「いかなる星の下に」

などという用語からきている。

　こういうように司馬さんの新しいルビのふりかたには、それぞれ根拠や典拠があるのであって、けっして造語、ではない。

　この、

「造語、ではない」

という書きかたも実は司馬式文体の伝染である。つまり「造語」と「ではない」の間に「、」をうつ方法が、である。

## 作品に読者を参加させるゆとり

この読点の用法は作品の随所で活用される。それは『国盗り物語』の書き出しからそうだ。

《落ちついている。
声が、である》

「声がである」と余人なら書き流すところを、この短い文章の中で「声が」のつぎに「、」をいれている。これは、

・読み手にひと呼吸いれさせる
・そのひと呼吸することによって、作品への期待と、こいつ、どんな男か、という主人公への関心を読み手に湧かせる

という効果をもつ。ということは、司馬作品の特性のひとつである、

「作品に読者を参加させる」

ということの実践なのだ。これをおこなうためには、

・書きたいことをおさえる
・文章の主力は「省略」である
・文章の白味《しろみ》を重視する
という形式をとる。そして省略した結果生じた白味の部分に読者を参加させるのだ。

司馬作品でいつも感じるのは、

「書かれた部分の凝縮度の濃さ」

と同時に、

「捨てられた部分のぼう大な量」

のことだ。歴史ものは特に、

「調べる」

ということが宿命だから、だれでも、

「調べたことは極力書きたい」

と思う。が、司馬さんは惜しげもなく捨ててしまう。

これは力量あるアルチザン（大職人）の技芸と、その技芸の生むゆとりなのだろうが、
それ以上に司馬さんの、

「読者へのサービス精神」

のあらわれではなかろうか。太宰治流にいえば、

「かれは、なによりも人をよろこばせるのが好きであった」

という、創作活動の初心・原点だ。

平明な文章はかならずしも内容の平板さを告げない。

「むずかしいことをやさしく伝える」

のが、もっともポピュラーな語り部だ。司馬さんの文体の特性に、

「読者の肩をもみほぐす」

という手法がある。

「過去と現在との照合」

もそのひとつだが、もうひとつ、

「余談だが」

といういいかたで新しい史実や、既成の事実に対する新解釈を提起する。この「余談だが」によって、わたし自身、

「歴史のおもしろさ」

「歴史の新しいみかた」

をずいぶんとまなんだ。

司馬さんのこの、

「読み手をよろこばせよう」

といういとなみは、泉下の司馬さんにはオコられるかも知れないが、死んだ渥美清さんの〝フーテンの寅さん〟と同根のものを感ずる。

## フーテンの寅さんとの共通点

ふたりとも、

「国民的」

と、よばれたからではない。

「なぜ〝国民的〟とよばれるのか」

ということである。

国民的とよばれるためには、

「読む側・みる側の大幅な参加」

が不可欠だ。

「読む側・みる側が主人公の立場になれる」

という、自己移入が可能であることが必要だ。そのためには、

「自己撞着のこころ」

を捨てなければならない。つまり、

「万人を愛す」

というホトケの境地になることが大切である。司馬さんの書く主人公には、たとえ悪党の庄九郎にしても、このホトケのこころがある。

「多情仏心」

ということだろうか。フーテンの寅さんもかぎりなき、

「人間好き」

であり、

「人間オタク」

だ。

寅さんもつねに〝街道にいる〟人物だ。永遠の旅人である。が、
この道や行く人なしに秋の暮
旅に病んで夢は枯野を駈けめぐる
の芭蕉の凄絶や、

うしろ姿のしぐれて行くか
分け入っても分け入っても青い山
の、山頭火のようなイジケもヒガミもない。あるのはやはり、

「陽の当る方向にむかって歩いていく」

という、〝向日性〟の前向き人間の姿である。起ってしまった難事への対応能力を欠いて、

「だれがこんなことをやったんだ?」

と犯人さがしに血まなこになったり、

「なぜこうなったんだろう」

と、責任回避的な空虚な議論の多い、いわば〝いいわけ（云訳）社会〟に対し、寅さんは、

「それをいっちゃァおしまいよ」

とみごとにいいきる。

寅さんは負け犬ではない。寅さんのもつユニークな社会観が通用しにくいのだ。

その点、庄九郎（道三）は、

《生きる意味とは、目的にむかって進むことだ。そのために悪が必要なら、悪をせよ》

とまで割り切る。

「進むことだ」

という能動性がかれの生きるバネになっているからである。

その意味では『国盗り物語』における仏教論で、司馬さんの日蓮宗の分析はほかの作品にはない発言として、ひじょうに興味深い。

## 主人公は単独に存在しない

前に、

「司馬作品は、全作品によってひとつの作品が形成されている」

と書いた。そのことを示すちいさな証左に

「物語における登場人物のパターン化」

がある。つぎのようなことだ。

・主人公は単独に存在しない。必ずボケとツッコミ、あるいは合の手をいれる三人目が出てくる。『国盗り物語』では、庄九郎、赤兵衛、杉丸がそれである。

・女性は必ず天女か観音さまのようないつくしみのこころをもっている。けっこう色好みだがイヤラしくない。この作品におけるお万阿も自分のアソコを〝のの様〟などという。のの様というのはむかしの小児ことばで、ホトケさまや天上の月をいった。こういうことばの使いかたにも、わたしは司馬さんのピュアさを感ずる。同時にユーモアを感ずる。

いってみれば上方《かみがた》漫才のコツというか、妙味を止揚してある次元まで高め、巧みな人物の配置に活用しているといえる。

お万阿はゆったりとした堂々たる美丈婦（？）だが、お万阿がもっとこまめに活動するのが『功名が辻』の山内一豊の妻だといえよう（この作品は司馬さんの中でも、最大のユーモア小説だ）。

わたしが司馬作品に接した最初は、新聞小説の『上方武士道』であり、「近代説話」という同人雑誌に載った「兜率天の巡礼」という小説であった。前者は「上方」にたしか〝ぜいろく〟というルビがついていた。

後者はキリストが日本にやってくる、という話で、そのとほうもない発想に唖然としたのをいまだにおぼえている。そして『梟の城』。講談の世界の住人でしかなかった忍者を、〝チチンプイプイ〟の荒唐無稽譚から、感情ゆたかな人間の話に移行させるヒューマニズムに一驚した。

## この書は「歴史小説の指南書」

『国盗り物語』で発見するもうひとつの特性は、なんといっても、

「日本人の歴史観の修正」

だろう。

そしてそれも真向から新説を掲げるのではなく、

「既成知識をちがう角度から検証すること」

と、

「捨てられている細片に大きな意味を与える」

ということではなかろうか。

特に後者は、

「ミクロからマクロをみなおす」

という役割を果たす。

「外国人の宣教師からみると、戦国時代の日本人の労働力ほど安いものはない。米さえあれば城も建つ」

とか、

「城下町に武士を住まわせて、動員の時間短縮をはかったのは斎藤道三だ」

とか、

「岐阜という地名は、信長の師僧沢彦《たくげん》が古代中国の周の興起からとった」

などの指摘は、いままでの戦国史観をガラリとかえてしまう。だけでなく、戦国と現代との時間と距離をちぢめ、

「戦国時代の生活者の実態」

を、容易に想起させる。

が、司馬さんは歴史学者ではない。歴史論はともかく、〝小説〟と銘うった作品には、細部の稠密さに十分幻惑されつつも、感覚的には、

「どこかでダマされている」

という気持を捨てきれない。つまり、

「ちいさな真実の積みかさねの底に、大きなウソがかくされている」

という感じである。つまり、

「してやったり」

という司馬さんの会心の笑みがいずれの作品にも感じとれるのだ。そして、わたしにとっての、

「司馬作品の魅力」

とは、

「またダマされたな」

という実感を味わうことなのである。

そして——『国盗り物語』は、司馬作品の中でも、わたしがもっともダマされる（た、ではない）作品なのである。

つまりお万阿が、

「西村勘九郎という美濃の武士と、山崎屋ナニガシという京の油売り」

というふたつの人格をもつ庄九郎に、

「それぞれ現地での妻が必要だ」

と、詭弁《へりくつ》によってその気にさせられていく気分を、読者として味わわせられるのだ。

『国盗り物語』は、読みかえしがなんどでもできる。そして読みかえすたびに新しい発見をする。わたしにとって手放すことのできない、

「歴史小説の指南書」

である。

# 『峠』開明家・河井継之助「侍の美学」に死す

松本健一

## 戊辰戦争中の「名文」

北越戊辰戦争における主役の河井継之助《つぐのすけ》とは、いかなる人物であったのか。この問いに対して、わたしならまず、軍務総督の河井が長岡城奪回作戦のまえに、藩の将兵たちに示した『口上書』をあげて、説明するだろう。

慶応四年（一八六八）七月二十五日、河井は、八町沖という長岡城の東北約四キロの地点にある、浅いけれども泥の深い大沼を渡って、長岡城を奪回する作戦を発動した。そして、その前日、次のような『口上書』を藩の将兵にゆきわたらせたのである。

《此一軍《ひといくさ》は、第一御家の興廃も此の勝ち負けにあり、天下分け目の此の勝負にありて、御家がなければ銘々《めいめい》の身もなきもの故《ゆえ》、御一同共《とも》に身を捨て、数代の御高恩に報じ、牧野家の御威名を万世に輝かし、銘々の武名も後世に残す様、精力を極めて御奉公いたしましょう。……此の大乱を作《な》せし薩摩の西郷吉之助が越後へ来て、天下分け目の軍《いく》さすると云う事を聞きましたが、何にしても、そりゃ分け目だから、此の軍は大切で、私共間違ても御城下へ入て死ねば、義名も残り、武士の道にも叶《かな》うて、遺《や》り置《お》く事もなく、思《おもい》の儘《まま》に勝てば、天下の勢を変ずる程の大功が立つから、精一杯出してやりましょう。……目出度く御入城の上は、両三年も御政事をお立て遊ばさるれば、元の繁昌にすることは慥に出来るから、御一同共《とも》、必死を極めて勝ましょう。死ぬ気になって致せば生《いき》ることも出来、疑もなく大功を立てられますが、若《も》し死にたくない、危い目に逢いたくないと云う心があろうなら、夫《それ》こそ生《いき》ることも出来ず、空敷《むなしく》汚名を後世まで残し、残念に存じますから、身を捨ててこそ浮《うか》む瀬もあれと申しますれば、能々《よくよく》覚悟を極めて大功を立てましょう。一昨夜より風も強く、此一戦を大切に思い、皆様と御一心になって、此度は是非《ぜひ》とも大勝を致し度いと心に浮みし丈《だ》けを口上にて申上様《もうしあげよう》と書きましたが、届《とどか》ぬこともあるけれども、篤《とく》と御考え下されましょう》（原文は旧カナ）

ここにいわれている内容は、長岡藩士のわれわれはなんとかして、いまこの「天下分け目」の戦いに勝たねばならない、たとい勝てずとも後世に汚名を残すような生きかた、戦いかたをしてはいけない、ということだろう。

その内容もさることながら、わたしはその口上の話り口にも心惹かれる。すなわち、その前半部分は日露戦争における「皇国の興廃この一戦にあり」をおもわせる、ひじょうに調子の高いものであるが、後半部分は将兵のひとりびとりに対して、その生死のありかたをしみじみと語りかける内容のものとなっているからだ。

わたしは、長岡藩における河井継之助のライバルであった小林虎三郎のことを書いた『われに万古の心あり』（新潮社、一九九二年刊）で、この『口上書』を引いて、雲井龍雄の漢文体の名文『討薩の檄』に匹敵する、口語体の名文である、といっている。むろん、この『口上書』のことは、司馬遼太郎さんの『峠』にもふれられている。

《奇妙なことに、口語文であった。……継之助が書いた口語文は、

「精一杯出してやりませう」

といったふうの口語である。……言おうとする意味を徹底させるために文章の格調は多少犠牲にされている。藩士のなかにも文字の素養に乏しい者もあり、それらにも理解できるようにというのがこの文章の本旨なのであろう》

## 勝ち目のない戦に挑んだ理由

なるほど、司馬さんのいうように、この口語文では漢文体がもつ文章の格調の高さは、多少犠牲にされている。しかし、漢文体の「べけんや」方式の文章は、全軍を統一して戦いに駆り立てるさいには威力を発揮するが、将兵ひとりびとりの心の中にしみじみと語りかける調子にはならない。その意味で、この『口上書』は口語体の特徴を十分に発揮した文章になっている、といえるだろう。

いずれにしても、河井継之助という幕末の軍事指導者は、その政治的手腕もさることながら、人心収攬の術も十二分に心得ていたことが、この『口上書』によって明らかになるはずだ。河井はあとで紹介するように、手紙などでも、じつに論理的で、きめ細かい文章が書けるひとなのである。しかも、その思想は開明的で、こんな開明的な思想のひとがなぜ、薩長軍を相手にほとんど勝ち目のない戦争にみずからと藩全体を駆り立てていったのだろうか、と疑わしくなるほどである。

だが、こういった疑いは、司馬遼太郎さんも抱いたものらしい。かれは『手掘り日本史』のなかで、次のように語っている。

《河井継之助という人は、たいへんな開明論者で、士農工商はやがて崩壊するということを、かなり明確に見通していた。封建制度の将来をあれほど見通していた男は、おそらく薩長側にもいなかっただろうと思うんですが、その男が幕府側に立ち、官軍と戦って、自藩まで滅ぼしてしまう。それはどういうことなんだろうか、というわけです》

河井は「士農工商」といった身分制度はもとより、幕藩体制もいずれはなくなり、統一国家の形成を余儀なくされるだろう、と万延元年（一八六〇）当時、すでに考えていた。数え三十四歳のころである。

たとえば、かれが備中松山の山田方谷のところで学んでいたさい、義兄の椰野《なぎの》嘉兵衛に宛てた手紙（同年三月七日付）に、次のように記されている。

《外国との御交際は、必然、免《まぬ》かれざる御義と存じ候。然《しか》る上は、公卿も覇府（幕府）も之《こ》れ無く、政道御一新、上下一統、富国強兵に出精を要する事、第一義なるに、何《い》時迄《つまで》も御治世、移り変り無きものと量見し候は、浅慮此上《このうえ》も無く、慨《なげ》かわ敷《し》き次第に候》

河井は、司馬さんがいうように、たしかに封建制度の将来を見通していた。右にある、「何時迄も御治世、移り変り無きものと量見し候は、浅慮此上も無く」云々、という条りなどは、そういった河井の開明性を十二分に物語っていよう。

かんたんに、大意を示しておくと、――外国との交際は、もはや、しないでは済まされない。しかし、そうすると、各藩が別々に分権制をとってゆくことはできない。いまや集権的な統一国家をつくらざるをえない。そうなると、やれ公家だやれ幕府だといっているわけにはいかず、国内の政治全体を改革して、挙国体制で「富国強兵」に努力しなければならない。ところが、世の多くの人びとは、幕藩体制の封建の世の中がいつまでもつづく、と安閑としている。まことに歎かわしいかぎりだ、となる。

## 「長岡藩士」という呪縛

かといって、河井継之助はなお、長岡藩士、牧野家の家臣であることから自由でない。いずれ、長岡藩を建て直し、その領民たちを食わせてゆく治世の仕事も、じぶんが担っていかなければならない。そう、河井は自覚している。

それゆえに、かれは次のようにいうのだ。

《何を申上げ候にも、小藩（長岡）の事、力及ばず候。此上は精々《せいぜい》藩政を修《おさ》め、実力を養い、大勢を予察して、大事を誤らざるの外、他策之《こ》れ無かる可《べ》しと存じ奉《たてまつ》り候。……》

河井は、長岡藩の枠を超えようとして、超えることができない。そのため、師の山田方谷の「経国有用の学」を長岡藩に応用して、藩の財政政革をおこない、軍制・軍備を洋式へと変じてゆこうとするのである。

そこに、師の山田方谷をして「長岡藩は河井継之助にとっては小さすぎた」という評をなさしめたゆえんがあるのだろう。方谷の評は、むろん、河井に統一国家の経営をまかせてみたかった、という意味であろう。

じっさい、河井がその四年後の元治元年（一八六四）九月十四日に、棚野に宛てた手紙をよむと、かれに一国の経営をまかせてみたかった、という想いが、後世のわたしなどにもわいてくるのだ。

《攘夷尊王などと浪人ども言いふらし居り候趣、迂愚《うぐ》の至りに候。普天《ふてん》の下《もと》、率土《そつど》の浜《ひん》、王臣に非ざる者なし。尊王の儀をわきまえざる者一人もこれなく候。攘夷とは何たる儀に候や。洋船渡来候とて、吾に綱紀立ち、兵強く、国富み候わば、恐るるに足らざる事に候。用意も致さず候て、攘夷攘夷と騒ぎ候は、臆病者《おくびょうもの》のたわごと、心痛この事に候。吾に用意これあり候えば、通商の道を開き、勢に乗じ、国富の実を挙げ候事も出来申すべく、無禄の浪人どもの取沙汰ならば、糧《かて》のためと一噱《いっきゃく》（一笑）に付し申すべきも、薩長の外船砲撃とは何たる無謀の振舞《ふるま》いか、嘆息のほかこれなく、行く行くは天下の乱階《らんかい》（乱のおこるきっかけ）となげかわしく、深憂に堪《た》えず候。今日は容易ならざる大事の時、上下一致、綱紀を張り、財用を充《みた》し、兵力を強くし、一朝の変、御家名を汚さざる心掛第一と存じ奉り候》

大意——世の浪士どもは「尊王攘夷」などといいふらしているが、まったくバカげたことだ。天下に「王臣」でないものなどいない。「尊王」など改めていうまでもないことである。ましてや、「攘夷」だなんて。たとえ外国船がわが国のまわりを往来し、通商をすることになったところで、じぶんの方で国内統一ができていて、兵が強く、国が富裕であるなら、何の恐れることがあろうか。その備えもしないで、「攘夷攘夷」とさわぎ立てるのは、まさに「臆病者のたわごと」である。そっちのほうが心配だ。じぶんの方で備えが万全であれば、外国と通商をさかんにすることはもちろん、国を富ますこともできる。「無禄の浪人」がさわいでいるのも、あれは、じぶんたちの食い扶持《ぶち》の欲しさからさ、と一笑することもできるだろう。にもかかわらず、薩長ともにこの攘夷論者のさわぎに乗ぜられ、馬関戦争・薩英戦争（ともに一八六三年）を仕掛けるといったありさまで、その「無謀」さといったら、嘆息するばかりだ。これは、天下が乱れはじめる因《もと》である。このようなときこそ、上下一致して国内規律をきびしくし、財政をうるおし、兵力を強くして、わが藩わが牧野家の「御家名」を汚さないようにしないといけない、と。

だが、そのように河井が「御家名」にこだわるところに、封建武士としてのかれの限界があった。

吉田松陰のように、「恐れながら、天朝も幕府・吾藩もいらぬ、只《ただ》六尺の微軀が入用」というふうに、みずから封建制・幕藩体制を踏み越えてゆく発想は、河井のものではなかった。

「攘夷攘夷」などとさわぎたてる浪士を、「臆病者のたわごと」と一笑し去ること、そしてみずから藩財政をたてなおし、藩の軍制・軍備を近代化してゆくことが、河井継之助という開明的な武士（のち執政）の固有の〝場所〟であった。

## 「侍」とはなにか

司馬さんはそういう河井継之助の固有の〝場所〟を、「侍《さむらい》」という言葉で表現している。『峠』のあとがきに、こうある。

《私はこの「峠」において、侍とはなにかということを考えてみたかった。それを考えることが目的で書いた》

なぜ「侍」ということが問題になるのか、といえば、河井継之助という個人は、きわめて開明的で、柔軟《フレクシブル》な精神の持ち主であるにもかかわらず、それを外側から縛りつけ、封建武士という枠内に閉じこめようとする制度が存在するのだ。その制度と個人との葛藤を、司馬さんは「侍」とはなにかと問うことで考えてみようとした、ということだろう。

『峠』は、安政五年（一八五八）の冬、すでに数え三十二歳に達している河井が、江戸遊学を願い出る場面から始まっている。

かれは遊学を願い出るため、国家老の稲垣平助——世襲の筆頭家老で、戊辰戦争のときは恭順派——のもとをたずねてゆき、稲垣の帰ってくるのを待ちながら下男たちと「枕ひき」の遊びをしている。そこに稲垣が帰ってきて、屋敷内で物を賭け下男たちと「枕ひき」なんぞをしてはいけない、と窘《たしな》めた。

この場面は小説的なフィクション（仮構）であるが、この場面において司馬さんは、河井継之助の開明的な思想を、次のような言葉のなかに溶けこませている。

《「しかし」

継之助は、まるで別なことをいった。

「ご家老はお仕合せでありまするな」

「なぜだ」

「その武士の世が、ほろびようとしている。そのときにそれを憂えず、枕ひきはいかぬなどという太平楽をのべておられる」

ときに、安政五年である。

江戸ではこの晩春、井伊直弼《なおすけ》が大老に就任し、この中秋、幕権回復のためいわゆる安政ノ大獄といわれる思想弾圧を開始し、幕威はとみにあがった。その時期に、この百石取りの部屋住みは、武家の世はほろびるなどというおだやかならぬ予言を口走っている》

稲垣は世襲の家老で、篤実ではあるが、徳川幕府がほろびるとか、藩がなくなるとかの危機感はすこしももっていない。これに対して、非門閥で、このときはまだ家督も継いでおらず、当然執政などの重役についてもいない河井は、さきに引いた、万延元年（一八六〇）の手紙でもわかるように、封建制度が終わるかもしれない、と考えはじめている。それゆえ、「ご家老はお仕合せでありまするな」などという皮肉が、河井の口からでてくるのである。

## 遊学で学んだ「封建制」の限界

もっとも、さきの手紙の万延元年より二年まえの安政五年の時点で、河井がすでにそう考えていたかどうかは、史実の点からいうと、証拠がない。

河井がこの時点で、すでに開国は必然であり、それに応じて幕政（藩政）改革が必要だと考えていたことは、たしかである。にもかかわらず、かれがこの時点で「武士の世が、ほろびようとしている」と考えていたかどうかは、明らかでない。

遊学を許されて江戸にのぼった直後の両親宛の手紙でも、「経国有用の学」を学ぶために、ぜひ備中松山の山田方谷のもとへ遊学したい、といっているにすぎない。

その備中松山での山田方谷の話などをかきとめた遊学日記『塵壺』の、安政六年九月の項をみると、たとえば次のようにある。

《　八日　曇
　夜、山田先生、来る。
　　九日　雨　先生逗留
朝四ツ（十時）過、地震。夜明方、又震う。
改革は、古き物《もの》（者）は老いて死し、若年の者は成長し、十五年位にて始めて立つ物《もの》。急にすると朋党の憂などあり、急には出来ざる事なり。去《さ》り乍《なが》ら、始めより心を用うるは申す迄もなき事と。右は君公（松山藩主・板倉勝静）、楽翁公（松平定信）の話と云いて、山田に咄され候由。君公は、楽翁公の曾孫なり。桑名（松平家）より来れる人。先生、又云う。十ヶ条あれば、段々易《やすき》より始め、追々致すべき事と。総じて此の如き様子、面白き事なり。此の夜、林にての咄》

大意——九月八日の夜、方谷先生が宿の「水車」にたずねてきてくれて、泊っていった。その折の話は、「改革」についてであった。方谷先生の主君・板倉勝静公（「寛政の改革」をおこなった松平定信の曾孫）によれば、古き者は結局のところ老いて死んでゆくのであり、若き者は成長するのであるから、改革は十五年ぐらいをめどにして考えたらよかろう、急にはできない。あまり急に改革をすると、周囲のものが心配する。十五年ぐらい先を考えて始めから心掛けておくとよい、ということであった。方谷先生はまた、こうも教えてくれた。改革すべきこと十カ条もあれば、簡単なことから段々と始めてゆくべきである、と。こういう調子で、色々と面白かった、というところであろう。

山田方谷と河井継之助の問答は、おおむねそのようなものであり、要するに「経国有用の学」によって、幕政というより藩政の政革をおしすすめてゆこうとする内容である。「武士の世が、ほろびようとしている」とまでは、まだ考えていない。

もちろん、幕政（藩政）改革をしなければ封建制度は維持できないかもしれない、といった危機感はすでに継之助に生じていたろう。

しかし、それが強まるのは、この安政六年から七年にかけての備中松山行、そうして長崎をもふくむ西国行を通してなのである、というのが、わたしの考えにほかならない。

それを、小説家の司馬さんは二年ほど早めて、安政五年の江戸遊学願いの時点にもってきたわけだろう。だから、司馬さんはまちがっている、などとわたしはいいたいのではない。

小説的フィクションとしては、河井がそのような封建制度崩壊の危機感をすばやく察知したがゆえに、かれは遊学して、世の動きを見、そうして改革の方法を知ろうとしたのだ、と設定しても、すこしもまちがいではないのである。要は、史実ではなく、どのように設定したらよりリアリティ（真実味）があるか、ということである。

わたしは『仮説の物語り』（新潮社、一九九〇年刊）などにおいて、司馬さんの歴史小説は、「出来るだけ事実に即そうとし」てはいるが、より歴史の真実に即そうとしてフィクション（仮構）をつくることがある、と書いている。

史実＝事実を金科玉条とする歴史家の著作よりも、司馬さんの小説のほうがより真実味があるのは、そのフィクションの成果にほかならない。

## 「百年の後に俟って玉砕せん」

『峠』における最大のフィクションは、なぜ幕府の命運を見通していた河井継之助が、官軍に抗する道を選び奥羽列藩同盟に加わることになったか、という一点に凝ってゆくだろう。

もちろん、史実とすれば、慶応四年（一八六八）五月二日、河井は長岡藩軍務総督として、西軍（官軍）の軍監・岩村精一郎と小千谷で会談し、長岡藩を局外中立に置こうと努力している。しかし、会談が決裂し、河井は局外中立から一転して、主戦派にまわったのだった。

官軍との開戦を決意したとき、河井は藩士たちに次のように演説した、といわれる。

《我藩一意誠意を表す。薩長の鼠輩、彼れ何物ぞ、漫《みだり》に王師の名を仮《か》りて我《わ》封土を蹂躪し、以《もっ》て私憤を漏さむとす、今は是非なし、瓦全《がぜん》は意気ある男児の恥ずる所、公論を百年の後に俟《ま》って玉砕せんのみ》

この言葉は、藩士の酒井貞蔵が筆録したもので、昭和六年（一九三一）刊の『河井継之助伝』（今泉鐸次郎著）に引かれている。ほぼ、史実＝事実に近いものといってよいだろう。

かんたんに書きなおすと、――わが藩はただ一途に誠意を尽くそうとした。ところが、薩長のバカどもといったら、じぶんたちは「王命」をうけた官軍だ、と声高にいうばかり。実際は、わが藩の領土を「蹂躙」しており、局外中立なんぞ認めない、というのだ。ただ、官軍に抗するものを賊とよんで、「私憤」をはらすために、賊を討つという。いまはもう、是非もない。われわれは賊ではないのである。それに、瓦《かわら》のように生きのびるのは「意気ある男児の恥ずる所」だ。このうえは、公論を「百年の後に俟って玉砕」するばかりである、と。

この演説から、司馬さんは河井継之助が「侍《さむらい》」として生きようとした、という意思をよみとろうとする。つまり、その開明的な思想も、「武士の世は、ほろびようとしている」という見通しも、統一国家の建設とそのための藩の改革の実践もなげうって、河井は「侍」として美しく滅んでゆこうとしたのだ、と想定したのである。

『峠』のあとがきに、次のようにある。

《（継之助は）ためらいもなく正義を選んだ。つまり「いかに藩をよくするか」という、そのことの理想と方法の追求についやしたかれの江戸期儒教徒としての半生の道はここで一挙に揚棄され「いかに美しく生きるか」という武士道倫理的なものに転換し、それによって死んだ。挫折ではなく、彼にあっても江戸期のサムライにあっても、これは疑うべからざる完成である》

## 河井の死に見た「滅びの美学」

つまり、司馬さんは河井継之助における制度と個人との葛藤を、継之助は「侍」として美しく滅んでゆこうとしたのだ、というふうに決着をつけたのだ。そのばあい、決着のよりどころとしたのが、「公論を百年の後に俟って玉砕せんのみ」、という言葉であったろう。

司馬さんが『峠』を書いたのは、いまから二十五年まえ、四十五歳のときである。それゆえ、かれがいまでも同じように、河井継之助に「滅びの美しさ」を見出すのかどうかは、定かでない。しかし、これを書いた時点にあっては、それが新撰組の土方歳三を描いた『燃えよ剣』にも共通した美学であることを考えれば、司馬さんが河井継之助の死のなかに「滅びの美しさ」を見出していたことは、まちがいないだろう。

ともかく、『峠』にあっては、司馬さんは史実＝事実によりながら、そのような「滅びの美しさ」において、河井継之助を形づくっているのである。

《……（河井は）小千谷での会談のいきさつをくわしくのべ、

「これ以上は、道がない」

といった。

「むろん、全藩降伏という道はある。しかしながら、わが長岡藩はそれを望まぬ」

——いまは是非なし。

と、継之助の演説は、この当時の通例としてほとんど漢文のよみくだしに近い。

「瓦全《がぜん》は、意気ある男子の恥ずるところ」

という。瓦としていのちを全くするというのは意気の男子のとる道ではない、と言い、

「よろしく公論を百年の後に俟って玉砕せんのみ」

という。いずれが正しいか、その論議がおちつくのは百年のちでなければならない。……その百年のちの理解をまって、いまはただ玉砕せんのみ、というのである。全藩戦死することによってその正義がどこにあるかを後世にしらしめたいという》

これは、司馬さんが四十五歳当時の考えとして、河井の死のなかに「滅びの美しさ」

を見出そうとして描いた像である。いわば、「気概」の戦争をすることによって、美しく滅んでいったのだ、と。

わたしがいま、そのときの司馬さんとほぼ同じ年齢であるが、河井継之助は「気概」の戦争をした、という認識については同意したい。

ただ、これに対して、いわば「理性」の政治をすべきであった、と批判したのが、『われに万古の心あり』の小林虎三郎だった、といまのわたしは考えているのである。

そして、その「理性」の政治の小林虎三郎の立場からすれば、北越戊辰戦争にあっては、藩の汚名とか武士の名誉という観点からではなく、ネーション（民族・国家・国民）という観点から戦いを避くべきだった、という判断が生まれてくるのである。

翻っていうと、「百年の後に俟って玉砕せんのみ」と語った河井継之助は、あくまでも自身を藩の枠内に、そうして「侍」の死生のほうへと閉じていったのだ、と。

その問題が、なおもわたしのまえに残っているような気がする。

# 第五章
# 司馬遼太郎の勉強法

# 「偉大なる知性」はこうして生まれた

有吉伸人

## 名作の陰に膨大な資料あり

故・司馬遼太郎さんは誰もが認める日本最高の知性の一人であった。その知性はいかにして磨き上げられていったのか。

一九九六年の五月二日、NHK総合テレビで放送した「クローズアップ現代・司馬遼太郎の勉強法」は、司馬さんの知性の秘密を若き日の「勉強法」の中に見つけ、現代へのメッセージにしようという、今から考えれば途方もなく無謀な企画であった。

幸いなことに多数の関係者の方々の献身的なご協力で番組は日の目を見た。

私は生前の司馬さんには一面識もない若造であるが、みどり夫人をはじめ、取材で伺った知己の方の話の中には作家・司馬遼太郎さんを知るうえで貴重な逸話が山のようにあった。番組でご紹介できなかったものも多いので、僭越ながらこの場を借りてお伝えしたいと思う。

## 「司馬流速読術」の秘密

「私は資料を読んで読んで読み尽くして、その後に一滴、二滴出る透明な滴を書くのです」

井上ひさしさんが語ってくれた司馬遼太郎さんの言葉である。歴史作家・司馬遼太郎を語るときに必ず引き合いに出されるのが、その資料文献の多さである。

例えば、「神田に行けば司馬さんが何のテーマを執筆中かすぐわかる」という伝説がある。関係書籍が一斉に姿を消すからというのがその理由であるが、これはあながち嘘ではない。神田神保町の古書店・高山本店のご主人、高山富三男さんは、司馬さんが集める資料の数は数ある歴史家のなかでも群を抜いていたと言う。『竜馬がゆく』のために高山さんが集めた資料はおよそ三〇〇〇冊。重さにして一トン、金額は昭和三〇年代当時で一〇〇〇万円というから、桁違いである。

「とにかく関係するものは残さず集めてくれ、とおっしゃるんです。竜馬自身のものでなくても、竜馬が各地方に行った場合の郷土史だとか、家族の関係とかそういうようなところまで集めてもらいたい、という意味です」

ところで、素朴な疑問として私が気になったのは、司馬さんは膨大な資料のすべてに目を通していたのか否かということである。たいへん失礼な疑問ではあるが、何人かの関係者に尋ねてみると、生前、司馬さんは「全部読んでいる」と語っていたという。それを可能にしたのが常識外れの「速読術」であった。

取材を進めるうちに、その秘密を目撃した人に出会った。『竜馬がゆく』の編集を担当していた産経新聞の窪内隆起さんである。

「偶然資料を読んでおられるところを傍で拝見する機会があったんですが、私がコーヒー一杯飲む間に、司馬先生は二五〇ページから三〇〇ページの単行本三冊を全部読み終わったんです」

私は話を聞いて腰を抜かしそうになった。しかも、この司馬流速読術はいわゆる「斜め読み」「流し読み」の類ではないというのだ。

「ページをめくった後、顔が動かずに俯瞰した感じになるんです。視線は動かないんです。視線が動けば、斜め読みとかいう感じになるんですが、そうではないんですよ。

ページ全体を一瞬俯瞰して終わり。見開き二ページで、一、二秒でしょうか。そして、時々、何か見つけられたのか、赤鉛筆でちょこっと印を入れたりされるんですが、そのときは明らかに読んでおられるんですね。目が上下してお顔も動くんです。後で『どういうふうにして今ご覧になったんですか』と尋ねますとね、『開けて見ていると自分が調べたいところに神経が動くんだ』とおっしゃいました」

ページを俯瞰する、というのが司馬流速読術のポイントだと思われるが、その意味するところを井上ひさしさんが解説してくれた。

「カメラなんですよ。ページを写し取ってるんです。集中して頭の中に写し取ってるわけです。僕なんかでも今日中にどうしてもこの資料を読まなければいけない、というときにはそういう状態になることがあるんでわかるんですけど、司馬さんはいつでも瞬時にしてそれができるんです。一度尋ねたことがあるんですけど、一《いっ》に『訓練だとおっしゃっていました」

まさに神憑り的であるが、司馬氏は一体どんな訓練をしていたのだろうか。一つ興味深いエピソードがある。昭和二七年頃、司馬さんが産経新聞大阪本社の記者をしていた時代の逸話である。

「毎日、百科事典を一枚ずつ破いて、新聞社へ行く朝の通勤、帰りの通勤電車の中で裏表二ページを暗記してるって言うんだ。これがその当時の彼の勉強法だったんじゃないですか。後に、彼は膨大な資料を集めます。そのなかから、どの本を読んだらこの場面に応えられるものが出てくるか、そのときの一つの勘をつくる材料になったんだと思いますね。基本に膨大な百科事典的知識がなかったら勘というものは出てこないんですよ」

教えてくれたのは作家の寺内大吉さん。百科事典は平凡社のものだったという。実際に全部暗記したかどうかは定かではないそうだが、司馬遼太郎ならば……と思われるエピソードである。

この話を聞いてから、私は若き日の司馬遼太郎さんがどんな「勉強」をしていたのかという点に取材を絞ることにした。

## 「自分で自分を教育する」

産経新聞時代の後輩である三浦浩さんが貴重なヒントを与えてくれた。三浦さんは司馬さんの七歳年下で四〇年以上にわたって公私ともに司馬遼太郎さんの素顔を知る人物である。取材意図を告げると、三浦さんはすぐさま、「君ね、ポイントは図書館と京都だよ」と応えてくれた。
文藝春秋から出ている司馬遼太郎全集第三二巻に司馬さん本人の談話を構成した年譜が掲載されている。これが司馬さんの経歴を知りえる唯一の資料である。それによると昭和五年に大阪市内の難波塩草小学校に入学。昭和一一年に私立上宮中学校に進学している。成績は年譜に記されているご本人の言葉によれば、
《一学期の成績は三〇〇人中でビリに近い。びっくり仰天して勉強したら、二学期にはやっと二〇番ぐらいになれました。この頃から、自分は愚鈍で無能な人間だと思っていました》
学校の成績が振るわなかったというのは何人かの同級生も認めている。特に数学が悪かったそうであるが、みどり夫人の話によれば「先生一人に生徒大勢という授業の形式が苦手」だったのが成績不振の原因らしい。
『風塵抄』の中に、学校嫌いの思い出を書いた記述がある。英語の授業で、ニューヨークという地名が出てきたとき、司馬少年は教師に、なぜニューヨークはニューヨークというのかと質問した。そのとき、教師は顔を真っ赤にして「地名に意味などあるか」と怒鳴ったという。そのときの教師の顔を今でも覚えていると、司馬さんは記している。このとき、図書館に行き百科事典で調べるとすぐに地名の由来が判明した。

以後、図書館が司馬さんにとっての「学校」となる。

ここに登場する図書館は大阪市立御蔵跡図書館である。御蔵跡図書館は戦災で焼けて現在は存在しないが、戦前は大阪市の日本橋三丁目、今の髙島屋百貨店の裏にあった。写真を見ると、山小屋風のしゃれた建物である。

大阪市立図書館が発行している「図書館通信」の昭和四六年一二月号に司馬氏が図書館についての思い出を語った珍しい談話が掲載されている。

それによると中学一年だった昭和一一年から戦争に行く昭和一八年まで、放課後は毎日、この図書館に通い、夜九時頃まで、立て籠って片っ端から本を読んでいたという。最後は読む本がなくなって、魚釣りの本や模型作りの本まで読んだとあるが、「ありとあらゆる本」を読んだことが、後に膨大な資料を読む際の訓練になっていたに違いない。

《何と言っても、自分で自分を教育するよりないですよ。（中略）たまたま巡り合った学校の先生より、もっといい先生が本を書いているわけでしょ。それを読むほうが速いですよ。読むと空想力ができる。活字というものは、空想力の刺戟のために存在しているもので、テレビはイマジネーションを画面にしてくれますから空想力は落ちますよ。（中略）活字に刺戟してもらうことによってしか、人間は人間らしくなりま

せんよ》

私たちテレビ屋には耳の痛い話であるが、「自分で自分を教育する」という言葉に、若き日の司馬遼太郎氏の思いを窺うことができる。

昭和二〇年、復員した司馬さんは、焼け野原になった大阪に帰って来ると、まず最初にこの御蔵跡図書館を捜した。建物は戦災で焼けて、近所の小学校に間借りしていたところを訪ねると、顔馴染みの司書の人がおり、「お前帰って来たんか」と言ってくれたのが何よりも嬉しかった、と全集の年譜に記されている。

## 京都大学と西本願寺

「活字を読む」という基本的なことを訓練したのが中学・大学時代の御蔵跡図書館だとすれば、司馬さん流の「ものごとの考え方」とでもいうべきものを培ったのが新聞記者をして過ごした二〇代の「京都時代」といえるかもしれない。

この時代のことを司馬氏はほとんど書き残していない。そこで、京都時代は司馬さんにとってどんな意味があったのか、私はみどり夫人に率直に尋ねてみた。みどりさんはしばらく考えてからこう答えた。

「もし、京都で過ごさなかったら、作家になっていなかったかもわかりませんね」

司馬さんの京都時代が始まるのは昭和二一年。京都に本社があった新日本新聞に入社し、新聞記者となってからである。新日本新聞社は編集局に記者一五人という小さな新聞社であったが、部数は五万部を誇っていた。ただし、当時は極端に紙不足で、読者は活字よりも包装紙、落とし紙としての効用を重んじていたらしい。

この新聞社は二年後に倒産し、司馬さんは産経新聞の京都支局に再就職する。二つの新聞社の合わせて七年の間、京都大学と宗教の記者クラブが司馬さんの担当だった。

この二つは記者クラブとしてはどちらも極めて珍しいものである。大学で常設のクラブがあるのは全国でも東大と京大くらいであるし、宗教記者クラブというのは京都にしかない。取材の担当が「大学」と「宗教」であったこと、そして場所が終戦直後の「京都」であったこと。この偶然が後の司馬さんに大きな影響を与えることになる。

京大記者クラブで、司馬さんが取材していたのは主に自然科学の分野であった。文科系は生徒がまだ復員しておらず、活動が本格化していなかったことがその一因であろう。

一方、理科系学部は終戦後、時を置かずして華々しい活動を開始していた。昭和二四年には工学部の桜田一郎教授が開発した国内初の合成繊維ビニロンが発売され、同年には湯川秀樹教授がノーベル物理学賞を受賞した。京都大学の自然科学系研究室は復興の時代の最先端を走り、その前線にいる超一流の研究者が司馬さんの取材対象だったのである。

一方、もう一つの宗教記者クラブの取材先は全く次元の異なる世界であった。クラブの部屋は西本願寺の宗務所の一角にあり、取材相手は各寺院の僧侶たち。そこは戦後の騒然とした雰囲気とは隔絶した空間であったに違いない。

しかも当時、宗教記者クラブの記者には密かな特権があったらしい。僧侶でも限られた人しか入れない西本願寺の境内の内部に自由に出入りできたのである。

私も西本願寺広報部のご好意で寺の内部を見せていただいたが、正直、驚いた。後の司馬さんの小説の舞台となる歴史的な文化財が山のようにあるのだ。例えば、豊臣秀吉が謁見を行った対面所、別名「鴻の間」や三十六歌仙の絵で有名な「飛雲閣」、日本最古の能舞台である「北能舞台」など国宝は枚挙にいとまがない。これらは、江戸期に西本願寺の敷地内に移築されたものだという。

陳腐な表現で恐縮だが、私はタイムマシンに乗って別の時代に来たような錯覚に陥った。当時の新聞記者はこうした本物の歴史的文化財を自由に見ることができただけでなく、そこで昼寝することもあったというのだから、若き日の司馬さんが本願寺でどれほど空想の翼を広げていたかは想像に難くない。

国宝級の文化財だけではない。記者クラブの建物の隣には、龍谷大学の図書館があり、ここには数多くの宗教書のほかに、明治時代にシルクロードを探検した有名な大谷探検隊の資料が保存されているし、本願寺の向かいにある菓子屋は江戸期創業の老舗である。ちなみに『燃えよ剣』の中で土方歳三が食べる饅頭はこの店のものである。

このように秀吉ゆかりの国宝から菓子屋まで興味さえあれば直接触れることのできる本物の「歴史」が京都の宗教記者クラブの周りには無数にあったのである。

また、幸運なことに当時の新聞記者はたいへん暇だったそうである。今と違って新聞のページが少なく二〜四ページ程度だったからである。二つの記者クラブで机を並べていた京都新聞の藤岡謙六さんは当時の様子を笑いながら話してくれた。

「朝、京大へ行って、昼から本願寺へ行って本読んで寝て、人に話聞いて、また本読んでというような生活だったね。まあ、一週間に一度くらいしか原稿書かんからね。ただ、彼は興味深いものがあったらどんどん行きよったね。例えば宗教についても、僕らは教義までは聞かんけど彼は教義も勉強しとったよ」

藤岡さんの話を伺いながら、当時の司馬さんの生活を想像して私は興奮した。京都時代の司馬さんの周りには「日本のすべて」があったといえるかもしれない。当時の京都には進駐軍の司令部が置かれ、町中をアメリカ兵が闊歩する占領地の現実が目前にあった。デモや争議が多発し、社会は騒然となっていた。

しかし、本願寺の中に一歩足を踏み入れれば、そこには豊臣秀吉の時代の空気が流れている。京大に行けば、日本を代表する科学者たちに時代の最先端の研究についての話を聞くことができる。それは後の技術大国日本を暗示するものであったに違いない。いわば「日本の過去、現在、未来」が凝縮して、二〇代の司馬さんの目の前にあったのである。

異なる二つの分野を取材していたことが司馬さんにとっては最も重要だったと藤岡さんは指摘する。

「彼はそれが面白いと言っておったね。何て言うのかな。片方に偏らないんだね、人を見る目、あるいは人生を見る目、国を見る目、社会を見る目がね。心の世界と物の世界、これの合体ができたというふうに思うよ。見方が一つじゃないんだね」

## 一つの価値観に縛られないこと

当時の司馬さんを知る人のなかに、彼は一人だけほかの新聞記者と違う存在だったという人がいた。京大新聞の学生記者として、司馬さんと交流のあった吉田時雄さんである。当時、マルキシズムの嵐が吹き荒れ、記者の間でも左翼にあらずんばジャーナリストにあらずという空気の中で、司馬さんはただ一人違っていたという。

「司馬さんはそういうイデオロギーの世界から超然としておられた感じでした。何か別のことをずうっと考え続けていたのではないかと思うんです。私たちによく聞かせてくれたのは仏教の話とか本願寺の話なんですが、それが抹香臭い宗教ではなくて、なんかもっと大摂理を面白く捉えているような感じなんですよ。どうも、今思えばね、〝日本のかたち〟、そういうものを考えておられたんじゃないかという気がするんです」

吉田さんは、京大卒業後も司馬さんと長く親交を持ち、新聞記者から作家に、そして日本を代表する知性へと高い次元に上り続けた司馬さんの知の歩みを、少し離れたところから見つめ続けていた人である。「一つの価値観に縛られない」ことが司馬さんを際限なく大きな存在にしていったのではないかと吉田さんは言う。それは、戦後の京都という特殊な環境の中で二つの対照的な世界を取材するという極めて希な記者生活を通じて、司馬さんの中に熟成していったものなのかもしれない。

「司馬さんは『手掘り日本史』の中で大阪という町を書いておられて、『大阪というのは封建制を知らない町だ。六〇万か七〇万の人口があって武士は二〇〇人しかいなかった。封建制の幕藩体制という天井が全くなかった町だったんだ』という、たいへんうまい表現をされているんですね。私はあの方自身のことじゃないかと思うんです。司馬さんには天井がなかった。一つの価値観で物を見ること、イデオロギーとかそういうもので見ることがあの人は大嫌いだった。だから、思い切って伸び伸びと新しいものをつくり上げていかれたんだと思います」

吉田さんはインタビューの最後をそうまとめた。

＊

司馬さんが生涯読み続けた愛読書が二冊あるとみどり夫人が教えてくださった。一つは親鸞上人の教えをまとめた『歎異抄』。もう一つは、数学者・吉田洋一氏が記した岩波新書の『零の発見』。宗教書と自然科学書、これを京都時代の二つの取材分野と符合させるのは、こじつけにすぎるかもしれないが、司馬さんの思考の多面性を表しているとはいえるだろう。

「司馬遼太郎の勉強法」はひと言で言えば「あらゆる種類の本を読むこと」であったと思う。古今東西のさまざまな思想・哲学・文化論・歴史観に精通していたが故に、司馬さんの思考はそのどれにも束縛されず、常に自由であり、独創的だった。

すべてにおいて効率を求める現代において、無駄な本を読み尽くすことで培われた司馬遼太郎さんのような圧倒的な知性はもう現れないに違いない。

# 「街道」で教えてもらったジャーナリストの仕事

村井重俊

## 「街道」最後の担当者として

司馬さんのファンの方から、こんな質問を受けたことがある。

「司馬さんにも、年齢が進むにつれて何らかの変化がありましたか」

六〇歳を超えた、長年のファンのようだった。少し考えてお答えした。

「……私は司馬さんに『老い』を感じたことがありません。そういえばここ数年は気が短くなっていたような気もしますが、世の中にそれだけ腹の立つことが多すぎたせいかもしれません。

常にエネルギッシュでした。

司馬さんは今、何を考え、何を書きたいのか。そればかりを考えていて、私などはときにヘトヘトになっていたくらいです……」

司馬さんに初めてお目にかかったのは一九八九年の冬だった。

「週刊朝日」の『街道をゆく』の担当者となり、東大阪市下小阪のご自宅を訪ねた。天気の悪い日で、少し憂鬱な気分だったのを覚えている。

学生時代に熱中したのが『燃えよ剣』や『関ヶ原』。会社に入ってからも『坂の上の雲』『播磨灘物語』を繰り返し読み、新婚旅行を鹿児島に決めたのも、ちょうど『翔ぶが如く』を読んでいたからだった。

こんなに好きな作家に嫌われたらどうしようかと思っていたのだが、嫌われるもなにも、その日の司馬さんは私の顔などほとんど見ようともしなかった。

その日の主役は私の前任者だった。月刊誌への異動が決まっていた彼に司馬さんはねぎらいの言葉をかけ、月刊誌ジャーナリズムの歴史について語り始め、月刊誌向きのネタまで次々と出し始めた。

優しい人なのだなと思っていると、急に声がかかった。私の顔をじっと見て、

「三つ子の顔って、みんな同じなの？」

これが司馬さんの第一声だった。

自分の新しい朝日の担当者が「三つ子の父親」だと知り、まずそれだけに関心があったようだった。

「うちのはみんな顔が違います。性格も全然違います」

思わず笑って答えた。リラックスさせてくれたのだろう。

司馬さんは六六歳、私は入社七年目で三一歳だった。それから七年間、司馬さんのラストスパートのお手伝いをすることになったのである。

## 次々と無知が露呈し、冷や汗

「週刊朝日」の『街道をゆく』の連載は一九七一年一月に始まり、以後二五年間にわたった。その間、ほとんど休載はなかった。

ときどき読者の方から聞かれた。

「司馬さんは毎週毎週、あちこち旅をして大変ですね。いつ原稿を書くのですか」

毎週旅をしているわけではなく、旅をするのは年に一、二度のこと。

それも長い旅ではない。せいぜい一〇日程度、しかも一日の取材時間となると、午後の二時間程度でしかない。

ちょっと働くと司馬さんは喫茶店を探し始めるし、日が暮れればすぐに帰りたがる。地元の人に会いたがるわけでもないし、名物料理を食べるわけでもない。それでいて原稿を見せてもらうと、誰もが経験したことのない「旅」の世界を司馬さんはつくり上げてしまう。

担当者はその「旅」のパートナーとなる。

しかし、私はとびきりトンチンカンなパートナーだったと思う。

担当して間もない頃、原稿のチェックが終わり、雑談のときのことだった。

「新選組を書くときにね、子母澤寛さんには挨拶をしておこうと思ったんだ」

自宅の応接間で司馬さんが言った。

大好きな新選組の話に心が躍った。

しかし土方歳三や沖田総司の話にはならず、意外にも話題は絵画になった。

司馬さんは言った。

「子母澤さんにお目にかかったら、『弟の嫁も絵を描いているそうですな』と言っていたのがおかしかったな」

何のことだかさっぱりわからない。

子母澤さんの義理の弟が、夭折した三岸好太郎。その奥さんが三岸節子さん。

三岸節子さんほどの大画家にしても、子母澤さんからみれば、「嫁も絵を描いているそうですな」と言われてしまうという話。

しかし私には高級すぎた。つまらなそうな顔をしていると、司馬さんは説明を始めた。

「村井君は札幌南校の出身だったね。それじゃあ、三岸好太郎の後輩だね」

ところが私は偉大な先輩を知らなかった。

浮かない顔で「知りません」と言うと、

「知らないの！　でも三岸節子さんは知ってるでしょ」

すうっと青ざめていくのが自分でもよくわかった。

司馬さんは急に立ち上がり、部屋から出て行った。怒ったのかと思うと、書架から分厚い画集を引っぱり出してきたのである。『三岸好太郎画集』だった。

司馬さんは丁寧に解説をしてくれた。

「子母澤寛さんを描いた作品があって、『兄および彼の娘』。僕がいちばん好きなのは『オーケストラ』かな」

「そうですね。この『オーケストラ』はいいですね」

冷や汗をかきつつ相槌《あいづち》を打ったが、司馬さんはニヤニヤしているばかりだった。

司馬さんが産経新聞で美術担当の記者だったことや、三岸節子さんについて書かれた作品があることは後に知った。

それから数年後、『オホーツク街道』の「札幌の三日」という章の原稿を貰って私はのけぞることになる。

《三岸好太郎は、典型的な都会派でもあった。（中略）つまりは札幌に似ている。

ところで、前記の話のつづきになる。村井重俊氏は、三岸好太郎の名を知らなかった。

むろん、画家の名など知らなくてもいいのだが、母校の後輩ぐらい、名を憶えてやっていてもいいじゃないか、と、私がしつこくいうと、村井氏はついにうなだれ、顔を伏せたまま、『マズッタかな』とつぶやいた。間が、じつに芸術的だった》

本当は「マズッタかな」と私が言うと、司馬さんがこう受けてくれたのである。

「マズッタなあ」

## 司馬さんのスケッチ画の妙

さて私が同行した旅は、『本所深川散歩』が始まりだった。

以下『神田界隈』『本郷界隈』までが東京篇。それから『オホーツク街道』『ニューヨーク散歩』『台湾紀行』。青森県を舞台にした『北のまほろば』、横須賀、鎌倉を中心とした『三浦半島記』。そして未完で終わった『濃尾参州記』。

全部で九作品を担当した。

場所を決めるのは司馬さんである。

どこに行けるか楽しみにしていたところが、最初は「東京」篇。東京から大阪に転勤してきたばかりだった私には、いささかがっかりだった。もっともすぐにスリリングな展開が待っていたので、それどころではなくなったのだが。

『本所深川散歩』の打ち合せのときのこと。

芥川龍之介の「大川の水」などを読み返していったのだが、司馬さんが全然話に乗ってくれない。やがて司馬さんが言った。

「村井君はトーマス・マンの『ドイツとドイツ人』を読んだことがある？」

「ありません」

それから司馬さんは『ドイツとドイツ人』の話を始めた。ナチス・ドイツが崩壊してまもなく、亡命していたトーマス・マンがアメリカで行った講演をまとめた本である。

「トーマス・マンはどんな目に遇《あ》っても、ドイツがやっぱり好きなんだね。これを読めば、ドイツ人がよくわかります。ベルリンの壁のことまでわかる。『街道をゆく』でドイツを書こうと思えば、すぐ書ける」

ベルリンの壁の崩壊の翌年だった。

こちらは本所・深川で頭がいっぱいだったのだが、その日の司馬さんはドイツで頭がいっぱいだったのかもしれない。

本当にドイツに行きたかったのかどうかよくわからない。司馬さんは気が変わりやすいところもある。しかしここで「行きましょう」と返事をしたなら、もしかすると本所・深川からドイツに劇的に場所が変わるのだ。

ところがまごまごしているうちに、司馬さんはさっとドイツの話をやめてしまった。

「隅田川の橋を巡ってみましょうか。鳶《とび》の親方にもお目にかかってね」

あっさりと本所・深川に話は戻ってしまっている。その後ドイツの話は二度と出なかった。司馬さんは基本的にジャーナリストなのだと後につくづく思い知るのだが、これがそう思った最初だったかもしれない。

この時期の『街道をゆく』は、一つのピンチを迎えていた。

二〇年もコンビを組んでいた装画の須田剋太さんが病に倒れ、復帰は困難な状況になっていた。まだ『オランダ紀行』の連載中のことだったから、さしあたっての連載分の装画をどうするかという問題があった。

司馬さんは言った。

「もし『週刊朝日』がほかの人に依頼したら、それだけで須田さんはがっかりしてしまいます。僕が描くよ」

何というアイデアだろうか。またそれを可能にする「腕」が、司馬さんにはあった。『アメリカ素描』や『韃靼疾風録』を見ると、たしかに司馬さんならではのスケッチが躍っている。さっそく病室の須田さんに伝えた。

「お帰りになるまでは司馬さんが描くことになりました」

須田さんのほっとした微笑を今もよく覚えている。

司馬さんはそれから五カ月近く、装画も担当してくれた。原稿の上にイラストが二点、ちょこんと乗っている。

「まず絵を見ろ」

という感じである。しかもなかなか味のある絵なのだ。

「面白いですね。よく描く時間がありますね」

そう言うと、

「こんなもの、すぐに描ける。サッて描けちゃうんです」

照れていた司馬さんだった。

しかし司馬さんのリリーフにもかかわらず、須田さんは亡くなった。まさかずっと司馬さんが描くわけにもいかない。本格的に後任を探すことになり、ずいぶん迷っていると、司馬さんから手紙が来た。

「装画のこと」というタイトルが付いていて、こう書かれていた。

《欲をいえば、光をたっぷりととり入れた、まぶしいような描写法をとってもらうとありがたいです。昔の宮本三郎のような。

挿絵ではなく、説明性から独立した装画です。具象、抽象を問わず。象徴的に描いてもらってもいい。いっさい自由です。

須田さんが建てた不滅の金字塔を継ぐにふさわしい人に出会えばいいんですが。以上御人選の参考までに（拘束性なし）》

なにせ三岸好太郎も知らない編集者が後任を探すのである。いろいろ心配しておられただろうなと思う。

幸いにも人選はうまくいった。

二代目の桑野博利さん、そして三代目の安野光雅さん。お二人とも司馬さんとの仕事を深く理解され、コンビも絶妙だった。特に安野光雅さんは後に、取材陣のムードメーカー的な役割も果たしていただくことになった。

## 僊さは入学試験とぞ覚えたれ

「東京」篇の取材は楽しかった。自分がいかに東京を知らないかがよくわかった。

特に『本郷界隈』の印象が深い。

本郷を歩きながらの、司馬さんの台詞《せりふ》が頭に残っている。

「本郷を歩くんだからな、あんまりぞろぞろ歩くのはやめような」

「直木賞をとったときにね、一秒間だけ東京に住もうかなと思ったことがあるよ」

司馬さんと私のきわめて少ない共通点といえば、入学試験がうまくいかなかったということぐらいかもしれない。司馬さんは旧制弘前高校の受験に失敗しているし、私は早稲田大学に入るまで二年も浪人している。

司馬さんとみどり夫人、私と「週刊朝日」の池辺史生編集委員の四人で東大構内を歩いていたときのことだった。

あれが三四郎池、あれが安田講堂、農学部はあちらとガイドをしていると、同じワ、セダの池辺編集委員がからかった。

「ふーん、村井君詳しいね。東大だっけ？」

するとと司馬さんがいった。

「村井君はワセダだろう」

なぜかそのとき答えてしまったのである。

「いや、ちょっと試験を受けたことはあるんですけどね……」

すると司馬さんはその場に立ち止まってしまった。

「そうか……。やっぱりね、北海道からわざわざ出てきて、東大に行きたかったのか」

そう言われてしまっては身もふたもない。

もしかして司馬さんも東大に行きたかったのかしらと、ほんの一瞬思ったりもした。

そして『本郷界隈』が出版されたときに本を戴くと、扉に歌が添えられていた。

《儚《はかな》さは入学試験とぞ覚えたれ
銀杏並木に世間みな虚仮《こけ》》

まったく、どんな顔をしてこの歌を書いたのだろう。こういう司馬さんのユーモアが大好きだった。

さて司馬さんの世界は、時間と空間が実に自由に行き来している。『街道をゆく』

はそれがもっとも展開された作品であり、ある作家がこう言ったことがある。

「『街道をゆく』は凄いね。司馬さんは何でも書けるシステムをつくったね」

たとえば『本郷界隈』の世界はこうなる。

本郷三丁目の交差点に立っていると、向こうから森鷗外が歩いて来る。水戸黄門が加賀藩士と旗本との喧嘩の仲裁をしている。樋口一葉は遊女たちのラブレターを書くのに忙しいし、寺田寅彦が光圧の実験をしている。正岡子規が人力車に乗って嬉しそうな顔をしている。夏目漱石が義理の父親に怯えながら東大にやって来る。そしてわれらが司馬さんはゴルバチョフの話をしている……。

本郷の取材をしていたのは九一年で、この年に司馬さんは文化功労者に選ばれている。夏目漱石のことばかり考えていたのではないだろうか。

『吾輩は猫である』の苦沙弥先生は、庭に飛び込むボールに辟易する。ボールを投げ込むのは「落雲館」中学の子供たち。そのモデルは本郷の「郁文館」で、司馬さんはわざわざその校庭を訪ねている。

《……地面はコンクリートでぬりかためられている。そこでテニスもやれば野球もやる。やがてボールがするどく私の頭上をかすめた。まことに郁郁乎である》(『本郷界隈』)

ひやっとするぐらい速い球だったが、素早く司馬さんは身をかわした。明治の文豪も、昭和の文豪も、郁文館のボールに苦労しているようでおかしかった。

西片町や本郷追分を歩いた。その間、司馬さんは広田先生や美禰子を、そして三四郎を語り続けた。

「菫ほどな小さき人に生まれたし」

漱石の俳句を教えてもらったのもこの頃だった。漱石の偉大な悲しみを噛み締め、本郷を歩いていたのだろう。

それにしても司馬さんは徹底的なジャーナリストだった。村山内閣にも、阪神大震災にも、そしてオウム事件にも鋭く反応し続けた。

食事が終わった後の座談はとにかく楽しく、担当編集者たちはいつも司馬さんの話に聞き惚れていればよかった。ところがときどき司馬さんは止まらなくなった。

「どうして日本のジャーナリストは、ユーゴスラビアに行こうとしないのか。今あそこに行けばすべてがわかる。民族問題とは何かがすぐにわかるのに、なぜ行かないいんだろうか」

朝日、読売、中公、文春……。皆でシュンとしたのをよく覚えている。内心、

「司馬遼太郎の担当をするのも大変な仕事なんだけどな」

そう思ったりもした。

## ジャーナリストの仕事の意味を学んだ

九三年の正月、司馬さんは台湾を訪ねた。大阪外国語大学でモンゴル語を学び、司馬さんは常に「中国」を考え続けてきた。

その総決算が『台湾紀行』であり、きわめてジャーナリスティックな仕事だった。

第一回目の冒頭にこう書かれている。

《国家とは何か。というより、その起源論を頭におきつつ台湾のことを考えたい。これほど魅力的な一典型はないのである》

取材中には、若い台湾人の通訳の学生たちに、司馬さんは毎晩熱弁を振るった。

中国とは何か、中国人とは何か。

台湾を離れる日に、取材にお付き合いいただいた産経新聞の吉田信行・台北支局長が心配そうな顔で、私に囁いてくれた。

「司馬さんが昨日の夜の最後にね、『街道をゆくも台湾でおしまいです』って言っていたけれど、大丈夫でしょうね」

大丈夫ですよと答えたものの、内心ドキリとした。

司馬さんとてスーパーマンではない。

毎週原稿が来るのが当たり前のように思ってしまうが、いつまでもこの気合が続くものではない。そのことを司馬さんは感じているのだなと、うすら寒い気持ちになったことを覚えている。

連載は好評のうちに最終回を迎え、末尾の言葉には余韻があった。

《台湾の話、これで終わる。脳裏の雨は、降りやまないが》

それからしばらく、みどり夫人との電話では台湾のことばかりが話題になった。

担当者になって以来、みどり夫人と電話で話さない週は一度もない。

「もう連載が終わったのにね、まだ台湾のことをぶつぶつ言っているのよ」

何度かこの話を聞かされ、ようやく司馬さんからのサインが理解できた。

司馬さんは台湾でまだやり残したことがあるのだ。さっそく李登輝総統との対談を提案し、ＯＫを貰った。「朝日」というメディアで対談をすることの意味を、司馬さんは考え抜いての決断だったと思う。

さっそく準備をして台湾に渡った。ところが対談の当日の早朝、病にあった私の父親が亡くなったという電話が入った。

司馬さんは即座に言った。

「帰りなさい」

司馬さんの優しさが胸に染みた。しかしこのときだけは逆らった。司馬さんの仕事を見届けたい気持ちが強かったからで、そうと決まれば、二度とその話はしない司馬さんだった。

対談は、アジア各国で大きな反響を呼んだ。言論の持つ重さを、自分の職業の意味を、私は会社に入って初めて学ぶことになった。

教わったことは実に多い。

私は『街道をゆく』の五代目の担当者になるが、朝日新聞社にいる現役の四人が集まってこんな話になったことがある。

「司馬さんって教育者だったね」

「僕らを一生懸命教育してたよな」

「でも教育は実らなかったな」

『オホーツク街道』で、ある町の施設を訪ねたときだった。オホーツクの大自然をパノラマで見せる映画が上映中で、ぜひ見てくださいと勧められた。

しかし司馬さんは見ないという。喫茶のほうに行ってしまった。ぞろぞろと同行者たちも喫茶に向かう。アポイントを入れたのは私である。誰も見ないのでは悪いと思い、パノラマ映画を見物した。見終わって、

「なかなか面白い映画でしたよ」

と言うと、

「そういうことではないんです」

と言われた。

「たしかにいい映画かもしれない。でも、せっかく今オホーツクに来ているんだから、それを感じればいいんです。少なくとも僕はそう思った。村井君はいろいろ気を使っているようだが、そういう気の使い方はちっともよくない。僕にはそんな時間はないよ」

かなり手厳しかった。

常に一人で闘ってきた司馬さんは、この種の生温さが許せなかったのだろう。

## 晩年には、一抹の寂しさを感じた

最後までエネルギーの衰えを見せなかった司馬さんだが、ときどき寂しい原稿を貰うことがあった。

台湾東部で戦前に巡査部長をしていた「大野さん」という八三歳の老人に会った。

大野さんが中型の柴犬を可愛がっていて、名前を訊くと「ポチ」だった。《日本でもっとも——人名の花子や太郎ほどに——古典的な犬の名だけに、そう聞いて、言いようのない寂しさに襲われた。（中略）帰路、日本にはもう居ないかもしれない戦前風の日本人に邂逅し、しかも再び会えないかもしれないという思いが、胸に満ちた。このさびしさの始末に、しばらくこまった》（『台湾紀行』）

一九九六年。一月の『濃尾参州記』の取材を終え、二月に入ってからは、田中直毅さん、ロナルド・トビさんと対談が続いた。

二月六日、トビさんとの対談を終えた司馬さんを自宅まで送った。いつもより口数の少ない司馬さんだった。玄関先で、

「ハイ、村井君。ありがとう」

と言うのが私の聞いた最後の言葉だった。

司馬さんはフワフワ歩いていたような、そんな記憶が残っている。重篤の報を聞いたのはその三日後、翌日に司馬さんは遠くに行ってしまった。『街道をゆく』は三月一五日号、第一一四七回「家康の本質」という章で未完を迎えた。

最後に戴いた原稿の袋には、短い手紙が入っていた。

「縮めても縮めてもまだ少し枚数が多い感じがします。本日体温常態。元気になりました」

それから一年がたった。九六年の正月は大津で静養中のみどり夫人を訪ねた。

正月といえば毎年、『街道をゆく』の取材をしていたので、私も行くところがなかったのである。

みどり夫人に会うと、

「ちょっとお遍路さんみたいだけど、『湖西のみち』に行こうか」

と言う。

『街道をゆく』の第一回目が『湖西のみち』である。

琵琶湖の左岸を北に向かって走り、途中で北小松の漁港に寄り、白鬚神社を訪ね、安曇川を上って、朽木街道に至る。

この一回目の取材を、司馬さんは日帰りで済ませたという。

「鯖街道を通って京都に帰って来たんでしょうね。頭に雪をかぶって戻って来たわ」

実際に歩いてみると、実に考え抜かれたコースだった。書く人が真剣に狙いを定めているため、場所にも時間配分にも無駄がない。しばらくぶりに司馬さんに会えた気がした。

# 第六章
# 司馬遼太郎を旅する

# 『菜の花の沖』函館に嘉兵衛の開拓魂を求めて

吉岡　忍

## 「失われた北の物語」

このごろ北の方角にはろくなことがない。北朝鮮絡みは言うに及ばず、北方領土返還は足踏みしたまま。北海道拓殖銀行はつぶれるし、北海道経済といえば平成不況の代表のようなもの。いったいどうしちゃったんだ、北よ。

函館駅横の名物朝市で聞くと、

「青函連絡船がなくなってからこっち、景気はさっぱりだねえ。これ、買ってってよっ」

と、せっかく入荷した八キロものタラバガニをもてあましたニイさんがぼやくことしきりであった。朝市の小路小路にすきま風が吹き、青い斜光ばかりがぎらついている。

思えば北は、近代日本の心情の故郷であった。石川啄木、宮澤賢治、あるいは寺山修司ら北の詩人たちの愛憎相半ばした故郷への傾斜は、長いあいだ日本人一般の望郷スタイルとなってきた。戦後はさらに歌謡曲があった。「北帰行」「北上夜曲」「北の宿」などなどを、どれほど人は思いを込めて口ずさんできたことか。

が、それも昭和でいえば四十年代前半、高度成長期の終わりまでであった。太平洋岸ベルト地帯の経済的興隆は、やがてじわじわと北にも浸透していき、北が象徴した共同体的暖かみや自然のふところの深さは一九七〇年代以降、モータリゼーションと新幹線の、また駅前再開発とニュータウンの、つまりは一億総中流化と消費社会化のにぎわいにかき消えていく。

その後は国をあげてのバブルの狂騒と崩壊である。心情の核を失った日本人は糸の切れたタコさながら舞い上がり、揺りもどされ、いまや地に這いつくばって、吹きつのる不景気風にふらふらと右往左往している。

耳を澄ませば、聞こえてくるのはティーンエイジャーたちの、あなたが好き、ほっとするのはあなたといっしょのときだけ、未来はきっと明るいわ、という閉塞とオプティミズムがごちゃごちゃの自分関心の歌ばかり。この舌足らずこそ、今風であろう。

もうひとつの函館名物、百万ドルの夜景を見ようと、函館山に上った。登った、と書けないのは、むろんロープウェイを使ったからだ。

たった三分で頂上をきわめると、見えたのは人、人、人の大混雑。中高年団体ツアーご一行様の十数組と、修学旅行の生徒ご一同様がごった返し、その頭の先に、ちらっと青白い夜景が広がっている。

いくら不景気とはいえ、人の出入りはゼロじゃない。地上にわくわくしないなら、せめて高みの見物と思い立ったのは、私だけではなかったらしい。このいささか投げやりの一極集中も、いかにも今様。ちなみに百万ドルは為替変動制のいたずらで、往時の三分の一。自慢の夜景も、まあ、ちょうどそのくらいの明るさではあった。

人波にもまれながら、ふと思うのは、心情というものの頼りなさ。人の心は時の勢いで移ろってゆく。いちばん変わらないようでいて、あっというまに変わってしまうのも、人間の心というもの。

過去百有余年の日本近代と現在のポップ文化を一瞥し、北の喪失のプロセスをたどってみても、心情なんか当てにならない、そればっかりではうまくいかない、としみじみわかる。北よ、身に沁みて知っているだろう。

じゃ、なにが大事なのか。

## 「明治」の後に書かれた江戸文明のリアリズム

函館の繁華街を歩きながら、ふらっと中規模本屋をのぞくと、新刊書の棚に司馬遼太郎の『「昭和」という国家』（NHK出版刊）の軽装版がある。私はゲーム攻略本を抱えた少女とパソコン雑誌を買う青年のあとに並んで（お客はこの三人だけ）、彼が一九八〇年代なかばに行ったテレビ講話の活字版を手に入れた。

司馬はこう言っている。

《本当の日本は江戸時代の文明、江戸文明にあったのではないか。江戸中期以後のリアリズムを中心とする、技術とものを見続けて思想をつくりあげた代表者たちとわれわれは結びつく》

「技術好き、職人好きの民族」こそ、われわれ日本人の本質なのだ、と。

そのあとで、さらにこうも言う。

《とにかく明治政府というものは江戸期を否定し、そして明治以後の知識人は、軍人を含めて、江戸的な合理主義を持たなかった。それはやはり、何か昭和の大陥没とつ

ながるのではないでしょうか》

さりげなく語られた一節を見て、司馬ファンなら、ちょっと待てよ、という気にならないだろうか。

このとき彼はもう幕末から明治という近代日本を舞台にした作品の数々を書き終えている。『竜馬がゆく』や『坂の上の雲』などの成功は、彼を明治という時代のオーソリティーにしていたはずだった。その司馬遼太郎が、じつは明治を全体としては非合理で、ついには昭和前期の侵略と敗戦を準備した時代だった、と突き放している。

司馬はこの時期、みずからの歴史観を変えようとしていたのではなかったか、と私は邪推する。少なくとも、迷っていたにちがいない、と思う。作家の足もとを揺るがすのはつねに彼（彼女）自身の作品であるとすれば、司馬を揺さぶったのは一連の明治モノのあとに書かれた『菜の花の沖』ではなかったか。先の発言は、『菜の花の沖』全六巻を書き終えて数年後になされたものである。

そこで、彼はなにを書いたか。

すでに司馬自身の言葉を引用した。江戸中期以後のリアリズムを中心とする、技術とものを見続けて思想をつくりあげた人々、を描いたのだった。

主人公は、淡路島の貧乏人の家に生まれ、やがて船頭から北前船の船主兼船長となって蝦夷地の漁場を開拓し、おりから小競り合いを繰り返していた鎖国日本と帝政ロシアの交渉を単身でやってのけた男――高田屋嘉兵衛。むろん実在した人物である。が、こう要約すると、スーパーヒーローの痛快アクション物語になってしまう。たしかに一本マストの和船で冬の日本海の荒波を越えて蝦夷地に入り、さらにいまの北方領土の先の先まで手探りで航海したり、はては捕虜の身となりつつもロシア人船員を叱咤して嵐を乗り切る場面もあったりするのだが、それは全体の十分の一にも満たないだろう。

そもそもこの海の男に菜の花とはどういう謂われだ、と本作未読の方なら思うかもしれない。司馬は大役のあと故郷淡路島の都志に隠棲した嘉兵衛に、こう語らせている。

《菜の花はむかしのように村の自給自足のために植えられているのではなく、実を結べば六甲山麓の多くの細流の水で水車を動かしている搾油業者の手に売られ、そこで油になって、諸国に船で運ばれる。たとえば遠くエトロフ島の番小屋で夜なべ仕事の網繕《あみづくろ》いの手もとをも照らしている。その網でとれた魚が、肥料になって、この都志の畑に戻ってくる、わしはそういう廻り舞台の下の奈落《ならく》にいたのだ》

菜の花は原材料、商品、モノ、そして、それらが加工され、巡りめぐって交換価値となっていく商品経済の謂いである。士農工商、と武士を頂点にした江戸期の身分制封建社会にあって、埒外の船乗りの、そのまた見習いから人生をはじめた嘉兵衛を通じて見えてくるのは、商品経済の合理性であり、それの浸透が不合理な身分制社会を突き崩していく時代の躍動感である。

## 北前船の大きさ、小ささ、それを見る人の心よ

余談だが……

ついでながら……

そういって、司馬遼太郎はストーリーから幾度も幾度もそれていく。室町期にうごめきだした商品経済がやがて江戸時代、堺（いま大阪）を中心に瀬戸内海で急速に成熟したこと。あらたに政治センターとなった江戸が武士という有閑階級ばかりがたまる異様な都市となり、そこに食料から清酒、衣料から木材まで運び込まねばならなかったこと。にもかかわらず、いまでいう東京湾からの倒幕軍の襲来を恐れた幕府は大型船の建造を禁じたから、船乗りたちは帆布一枚、甲板なしの、まるでお椀に箸を立てたような不安定な和船を操らねばならなかったこと。

といった大局解説からはじまって、当時の帆布の作り方、船の仕組みや操舵法、清

酒の作り方の変化や、それを詰める樽の製法および大工道具の進化、塩干物の工夫、着物や古着の行く末などなどの実際まで、彼は執拗に書きつらねている。

なかでも繰り返し語られるのは動物性肥料、つまり干しイワシや干しニシンのことである。

江戸の初期、日本では衣料革命が起きた。絹をまとうことのできたごく一部の上流階級を別にして、それまで大衆の衣類といえば防寒性に乏しい麻やコウゾなどの植物繊維だった。そこに豊臣時代は輸入品だった木綿の国産化がはじまったのだ。綿畑には肥料がいる。そのもっとも有効な肥料こそ、江戸中期、つまり高田屋嘉兵衛が自前の船を持とうと思案しはじめた時期、蝦夷地から船で運ばれるようになった干しニシンだった。

運搬したのは、そのころ最大級といわれた百トン前後の北前船である。瀬戸内を抜けた北前船は日本海の荒波を蹴り、途中の港々で産物を仕入れ、蝦夷地に向かう。蝦夷地でそれらを売り払い、それを元手に大量の干しニシンを仕入れ、もどってくる。ニシンは綿畑の肥やしとなって木綿を産し、かくして商品経済はさらにひとまわり大きくなる。

すべては、モノである。モノを作るための材料、技術、方法、そして、その流通。

モノが窮屈な身分制封建社会を動かし、その社会固有の矛盾をじわじわと煮つめていく。司馬はそのモノの動きを嘉兵衛の人物造形にたぐり寄せ、ついには開国へと向かわざるをえない江戸後期の時代の相を刻みつづける。唯モノ史観と呼ぶべきだろうか。

余談ながら——

私は函館湾周遊の観光船に乗り込んだ。借り切れば、ウェディングパーティーくらいはできそうな、けっこうおしゃれな百二十五人乗り（乗客わずか五人、はちょっと寂しかった）。この建売り住宅ひとつ半程度の船が百九十九トンだから、北前船はこの半分か、と考えると、ふたつの驚きがいっぺんにきた。

ひとつは、この小ささでよくぞ日本海を上下する大航海をやったものだ、であり、もうひとつは、いま私は小さいと言ったけれど、当時の人々はその大きさにこそ腰を抜かすほどびっくりしたという、大小感覚の相違であった。

感覚とか心情というもののあやふやさ加減、それをそのとき私は見ていた。

## モノと技術が露わにするもの

蝦夷地は高田屋嘉兵衛が足を踏み入れたとき、松前藩の暴政の修羅場だった。豊臣と徳川の両方に取り入った歴代藩主は江戸から遠いのをいいことに、アイヌを酷使し、搾り取り、追いつめて、やりたい放題をやっていた。

　と、私が言っているのではない。司馬が、繰り返しそう書いている。物語の後半、嘉兵衛の活動の場は蝦夷地に移り、いまの北方領土や樺太をめぐってロシア人たちと、人質を取った取られた、返せ返さないのむずかしい交渉ごとに入っていくのだが、足もとの松前藩について、ひとこともいいことが書いてない。全六巻中、皆無というのもただごとではない。

　松前藩の本拠は、むろん現在の松前郡松前町である。JRローカル線も廃止された、菱形の北海道のしっぽの先。おそろしく不便な土地だが、もしアイヌ軍勢に逆襲されても津軽海峡をひとっ漕ぎで逃げ帰れるから、というのが立地の理由だったらしい。

　藩は蝦夷地沿岸の各所に漁場を設け、本土からやってきた商人らを手足にし、アイヌたちにニシンやサケや昆布をとらせて「動物以下にあつかって搾りとった」。「藩は、その商人たちに寄生し、かれらから運上金（税金）をとるだけで暮らしている」。

　これは身分制の頂点に居座っていた当時の武士階級全般にあてはまる光景である。朱子学でイデオロギー武装した彼らは強引に農本主義を維持して、まず農民を搾り取り、ついで台頭してきた商人に寄生し、その両方の上にあぐらをかいた。司馬のこのあたりの記述には、怒りがこもっている。

その典型を、彼は松前藩のアイヌ統治の手口に見たのである。アイヌには和語の使用も学習も禁じた。穀物類の栽培も禁じたし、和人が種子を持ち込むことも厳禁した。蓑も笠も草鞋も用いさせなかったし、道路一本作らせなかった。要するに、原始狩猟時代の生産様式の段階に閉じ籠めておくことが、搾取には都合がよいということだった。

ある意味では、モノと技術が現実の矛盾を露わにし、人の思想と行動を変え、それがわが身に及ぶことを、彼らは知悉していたのかもしれない。

司馬にならって、話は飛ぶが――

いま現在の北海道といえば、男爵イモやメークインなど、ジャガイモ抜きにはイメージできないが、では、あれはいったいいつからはじまったのか。

ジャガイモはおもしろい作物である、とヒントをくれたのは、ベルリンに暮らす私の女友だちだった。たまたま来日した彼女とコーヒーを飲みながら函館行きの話をすると、ならジャガイモを調べてみたら、と言われたのだ。とたんに私は『菜の花の沖』に数行、松前藩はアイヌたちにジャガイモの栽培も禁じた旨の文章があったのを思い出した。

ジャガイモは南米アンデス山脈に自生し、インディオらが日常的に食していたものだが、一六世紀前半、スペインの征服者らによってヨーロッパに知られるようになった。しかし、当初は、発芽の毒にあたる者も少なくなく、悪魔の食べ物として嫌われたという。

が、ときは大航海時代のまっただなか、乾燥も可という貯蔵、輸送に簡便で、調理応用も広いジャガイモは、あっというまに世界各地に伝播した。ヨーロッパに伝わって百年後、食用作物として本格的に栽培しはじめたのはアイルランドだった。戦乱と飢饉がかわりばんこにやってくる土地柄である。

ちなみに、ここでは一九世紀なかば、六百万人の人口のうち百六十万人もが餓死する飢饉が起きた。ある者はリバプール方面に逃れ、またある者は新大陸アメリカに移民した。このジャガイモ飢饉と固有名詞がつくほどの歴史的飢饉を逃れた人々のなかに、ずっとのちになってビートルズを生み、エルヴィス・プレスリーを生む祖先たちがいた、というのがわが友人の話の眼目であった。ジャガイモもあなどれない。

さて、日本にはまだ鎖国前の一六〇〇年前後、オランダ人がジャカルタ経由で持ち込んだ、だからジャガタライモ、ちぢめてジャガイモの名がついたという説が一般的だが、その他に、それより前の信長時代、宣教師らが持ち込んだという説、インドシナ沖でポルトガル船と遭遇した日本船が持ち帰ったという説、いや、千島列島を南下してきたロシア人が伝えたのだという説など、諸説入り乱れている。

どれが事実か、ではなく、どれもが事実だったと考えるほうが正しいだろう。伝播ルートがひとつでなかったことは、それほどにこの当時、人とモノの交換と交流が地球規模で広がっていたことを物語っている。

そうしたさなか、徳川幕府は鎖国に踏み切って島国に閉じ籠もり、以後三百年の長きにわたって身分制封建社会を固定しようというのだから、およそ歴史上、異様といえば異様な政体であった。

ついでだが――

かつてニシン漁でにぎわった江差町の古文書のなかに、「イモ郡長」の名前があった。大漁不漁の落差が大きく、ときに投機的やけっぱちになる浜の人々に明治の十年代、しきりにジャガイモ栽培を勧め、ついに北海道をジャガイモ王国にするに功あった市来政胤郡長のことである。市来とは「木」という字に「二」の組み合わせ、じつは「平家」落人の末裔らしい、とまことしやかな噂もあったそうな。

また江差と函館の中間、当別町のはずれでは男爵資料館に立ち寄ってみた。男爵イモの祖、川田龍吉男爵の業績と遺品の展示館である。日銀第三代総裁を父に持つ彼がイギリス留学と実業界での活動後、この地に農場を開き、ジャガイモの栽培を広めたのは明治の末から大正にかけてだった。その彼が輸入した原種がアイリッシュコブラー、かのジャガイモ飢饉のアイルランドと奇妙に符号する。

たしかにモノは歴史にも世界にもつながっていく。

## 地元に忘れられた嘉兵衛

ふたたび函館である。

松前藩の横暴を嫌った高田屋嘉兵衛は、当時まだ寒村にすぎなかった箱館に事業拠点を構えた。その後の函館の繁栄はここにはじまるのだから、つまり嘉兵衛はこの街の開祖、大恩人といってよい——はずである。

ところがどうも、そうなっていないらしい。

昭和三三（一九五八）年、開港一〇〇周年の記念事業として、函館山のゆるやかな斜面、宝来町の一角に三・六メートルの彼の銅像が建てられた。「だれだ、あれ？」というのが大方の市民の反応だったし、いまもそうだと、そこで年に一度の嘉兵衛祭りを主催する関係者らはぼやく。

昭和六一（一九八六）年、地元スーパーのオーナーが港に近い末広町の古い蔵を改築し、高田屋嘉兵衛資料館を開いたときも、市民の反応はいまひとつだったという。「小学校の地域授業の副読本にも、写真一枚くらいしか載っていないんです」と、館を管理する事務局長は不満そうであった。

この冷遇ぶりを聞いて思いつくことは、ふたつ。ひとつは、北方領土問題の微妙さであろう。嘉兵衛が開いた北方の漁場を日本固有の領土とするのはよいとしても、対旧ソ連、対現ロシアとの交渉は相手の出方や日米関係とも絡みながら、なかなか一本調子でやるわけにいかなかった。それいけドンドンと煽ったあとの交渉決裂と弱腰への批判が、戦後の行政当局や日本政府にとっては不安だったのではあるまいか。

そして、もうひとつはアイヌの人々との関係がある。嘉兵衛は彼らの境遇に同情はしたが、衣食住から技術や労働環境まですべてにわたって同化を促せば、いずれこの悲惨から抜け出すことができると考えていた節がある。それが彼の時代的制約だった、と司馬も書いているのだが、としても、この同化観は、戦後世界の少数民族の自立自決主張とどう食い違い、どこで折り合えるのか。これまた腫れ物にさわるような問いであった。

なあ、北よ。

おまえはなんと重い課題を背負わされてきたことか。ふたつながら、近代日本をどす黒く貫く宿痾ではないか。長いあいだ北に寄せてきた日本人の心情に、その闇は見えていただろうか、といま私は思う。見えないまま、あるいは見ないまま、心情に酔い、空威張りに自分を駆り立てると、また昭和前期の「大陥没」を繰り返すことになる。

北にはいつも落とし穴がある。司馬遼太郎という大きな異能がノモンハンの惨憺たる敗北に取り組み、ついに夢に終わったのも、それが北ゆえだったかもしれないと、連想はふくらんでゆく。それほどに北は、重いのだ。

そんな重荷を抱え込んだら、あっち向いてホイッを決め込むしか手はなかったろう。また一人、どこからともなく「廻り舞台の下の奈落」に勇んで飛び込んでくる男がやってくるまでは。

# 『新選組血風録』幕末の京都「暗殺の迷路」をゆく

村松友視

## 『小説中央公論』に連載していた頃

私は、昭和三十八年三月に中央公論社へ入社し、すぐに『小説中央公論』の編集部に配属された。この雑誌はいわゆる〝中間小説雑誌〟とも〝読物雑誌〟とも呼ばれるジャンルに属していたが、斎藤茂吉の日記なども載っていたし、野坂昭如「エロ事師たち」、色川武大「眠るなよスリーピィ」、倉橋由美子「蠍たち」なども目次にならぶ奇妙な雑誌だった。この『小説中央公論』の連載小説の中に、司馬遼太郎「新選組血風録」があった。

編集部員は担当作家の原稿を印刷所に入れて第一校のゲラが出てくると、まず校正者か他の編集部員と組んで読み合せをする。そして、再校ゲラもまず自分が読み、二人の同僚に読んでチェックしてもらう。それをまた、編集長か次長が読んで最終校了にする……というのが当時の編集部のシステムだった。

したがって、編集部員は担当以外の作家のゲラも読まなければならない。興味のある作品ならともかく、中にはあまり読みたくない作品やしんどい作品がある。で、司馬遼太郎氏の作品はといえば、ゲラが出ると奪い合いで読み合せに参加したり、再校ゲラを読んだりしていた。すれっからしの編集者をそのようにミーハー的気分にさせるのだから、この作品が世間に人気を呼ばぬはずはなかった。

私もまた、先輩たちに負けじと「新選組血風録」の読み合せやゲラ読みに参加したものだったが、この作品にはそれ以前に私が知っていた〝新選組物語〟と微妙にちがうセンスがただよっているような気がした。のちの『燃えよ剣』ほどに旗幟鮮明ではなかったが、作者の土方歳三への傾斜が、そこかしこに匂い始めていたのである。

それまで、私にとって〝新選組物語〟は近藤勇を中心とした世界だった。時代劇においても、鞍馬天狗と対峙した近藤勇は剣をはね上げられるだけだが、土方歳三は簡単に斬られてしまう殺人鬼といった役どころだった。東映の正月映画でも、「新選組」の主人公はあくまで片岡千恵蔵の近藤勇であり、池田屋の階段から降りてくる相手を斬り、羽織の紐《ひも》を口にくわえて左手でしごくように解く恰好よさなどが、あざやかに目に浮んだものだった。

「新選組血風録」においても、新選組はたしかに近藤勇を中心とした組織としてとらえられるが、人物への興味がかなり個別的に描かれており、後半へいくにしたがって土方歳三の影が大きくなってゆく感じがあった。私の中で、近藤勇と土方歳三の比重が入れ代ったきっかけは、それを感じたときだったという気がする。

私は、『小説中央公論』『婦人公論』『海』の編集部に在籍したあげく、昭和五十六年の十月一日をもって中央公論社を退社して物書きとなったが、それから四年ほどたった頃、『風を追う』という本を出版した。この本には、「土方歳三への旅」という副題がついており、生れてから死ぬまで土方歳三に縁の濃かった土地を辿って旅をしながら、土方歳三を考えるという企画だった。私の中に沈んでいた司馬遼太郎「新選組血風録」のゲラを読んだ熱が、ふたたび浮かび上ったという感じだった。このときは、司馬遼太郎という作家は『新選組血風録』からはすでに程遠く、〈時代と日本〉〈日本と世界〉〈現代と過去〉を、文学・宗教・思想にまたがった歴史観で大きく語る存在というイメージにふくれ上っていた。文壇の域を超えた現代の知性として、行く末おぼつかぬ時代の羅針盤となっていたのである。

そんな時代にも、『新選組血風録』のディテイルは私の中に生きていた。土方歳三を追っての旅の道連れは、やはり、あの同僚編集者と奪い合って読み合せをし、ゲラ読みをした「新選組血風録」だったのだ。

## 隊士が酒を飲み、暴れた「角屋」の暖簾をくぐる

小石川の伝通院を出発した浪士隊が、中山道を京へ向う道筋で、どうしても寄らねばならぬのが本庄だった。宿舎割が役目の近藤勇が、芹沢鴨の宿舎を用意するのを忘れた。平身低頭して詫びた近藤を無視し、芹沢鴨は暖をとると言って、道のど真ん中に材木を積み上げ、天も焦げるばかりの篝火を焚いた。時代劇の芹沢鴨役といえば、古くは河津清三郎や進藤英太郎といった明解な〝悪役〟、偏執狂ムードの南原宏治、その偏執狂の曲折をグレード・アップしたような三国連太郎などが思い浮かぶ。

そこで、芹沢鴨のわがままに耐えてみせる近藤勇像には、必殺の空手チョップを温存する力道山のイメージにかさなるものがあった。いずれ起るであろう近藤勇側からの逆襲が、芹沢鴨の焚く篝火から立ちのぼる猛々たる火の粉の中に透し見えるというわけで、本庄の場は壬生の屯所における、芹沢鴨暗殺に通じる極め付の伏線の舞台な

のである。

本庄での芹沢鴨の所業については、『新選組血風録』にもくわしく描かれている。私は、本庄の明治十六年に建てられた旧本庄警察署の建物だという、歴史民俗資料館へ行ってみた。旧中山道の真ん中に立って、篝火が燃え上るさまを思い浮かべたりしたが、そこから立ちのぼるものは、まことに心もとなかった。

自らを鬼才、奇才、あるいは天才と考える芹沢鴨にとって、江戸から京への十六日の旅は、単なる旅であったにちがいない。しかし、凡者たる自覚をもって江戸を出発した近藤たちにとって、旅は自らを急激に変える体験道場のごとき効果をもったのではなかったか。江戸を出発した芹沢鴨と、京に着いた芹沢鴨には何の変化もなかっただろうが、京へ上った近藤、土方、沖田総司は、江戸を出る前の三人とは別人のごとき変貌を遂げていたという気がしてならない。これは、時に旅は人をそのように急激に成長させてしまう、不思議な世界だという実感があるからに外ならない。

京へ上って、新選組を結成して局長となってからも、芹沢鴨の悪役としてのエピソードが、『新選組血風録』の中の「芹沢鴨の暗殺」の項でも、いくつか紹介されている。隊士を連れて島原の角屋《すみ》に登楼し、痛飲したさい、酒興なかばで気にくわぬことがあると、芹沢鴨がにわかに顔色を変え、「亭主を呼べ」と怒号する。そこで、その席にいた土方がひそかに隊士に耳打ちし、亭主の角屋徳右衛門を外へ逃がす。それを見抜いた芹沢鴨が、亭主の居室へ踏み入ると、行燈を抜き打ちに斬り、鉄扇をふるって、狂人のようにわめきちらしながら、各部屋の調度品、什器のたぐいを残らず打ち割ってしまう。そのとき、酒席で黙然とこの騒動に耐え、冷えた杯をとりながら、(狂え。――)とおもう土方の描写が凄い。そのとき土方は、この狂人は自滅する、と直感する。これもまた、来るべき〝暗殺の場〟への伏線的場面なのだ。

今回の旅で、実際の角屋に行ってみると、新選組狼藉のあとは、たとえば床柱の刀傷跡などに残っている。だが、芹沢鴨の狂人的乱暴場面は、どうやら角屋の側の史料には残っていないようだ。

実は、今回「角屋保存会」理事長の中川清生さんに案内してもらい、角屋についてのイメージや認識をあらためさせられた。とかく刀傷跡に象徴される新選組とのからみや遊興の場所として語られることが多いが、〝揚屋《あげや》〟という存在についてはほとんど知られていない。第一、京都なのになぜ〝島原〟か……というあたりからしてぼやけているのだ。「角屋もてなしの文化美術館」のパンフレットに、そのあたりの事情が記されていた。

《島原は、江戸期以来の公許の花街（歌舞音曲を伴う遊宴の町）として発展してきた町です。官命により、寛永十八年（一六四一）に島原の前身である六条三筋町から現在地の朱雀野《しゅしゃかの》に移されました。その移転騒動が、九州で起きた島原の乱を思わせたところから、「島原」と呼ばれてきましたが、正式地名は西新屋敷といいます。島原は、単に遊宴を事とするにとどまらず、和歌俳諧等の文芸活動が盛んで、ことに江戸中期は島原俳壇が形成されるほどの活況を呈していました。しかし明治以降の島原はすっかりさびれてしまい、現在では、揚屋（今の料亭にあたる店）であった「角屋」と、置屋（太夫や芸妓を派遣する店）の「輪違屋《わちがい》」、それに島原入り口の「大門《おおもん》」（慶応三年・一八六七年再建）のわずか三箇所が、往時の名残をとどめるのみとなっています。

角屋は、島原開設当初から連綿と建物・家督を維持しつづけ、江戸期の饗宴・もてなしの文化の場である揚屋建築の唯一の遺構として、昭和二十七年（一九五二）に国の重要文化財に指定されました。

揚屋とは、江戸時代の書物の中で、客を「饗《もてな》すを業とする也」と定義されているところによると、現在の料理屋・料亭にあたるものと考えられます。饗宴のための施設ということから、大座敷に面した広庭に必ずお茶席を配するとともに、庫裏と同規模の台所を備えていることを重要な特徴としています》

私は、まず最初に台所へと案内されたのだが、各部屋の料理を十分にこなす大きさ、広さにおどろいた。台所入口脇の井戸のところの冷気を利用して、物が腐らぬよう冷蔵保存した名残りなど、料理屋としての備えの周到ぶりにもおどろかされた。また、次々と案内された各部屋の、風雅の贅を凝らした、古典とモダンのあざやかな調和ぶりも見事で、およそ三十年ほど前、何も知らずにこの中のどこかの部屋で、太夫の手さばきを拝見したことを、私はそっと思い出した。

あのときは、市川猿之助さん、竹本綱太夫（当時は織太夫）さん、それに私をふくめた何人かのメンバーだった。猿之助さん、綱太夫さん、他のメンバーはもちろん角屋や太夫の何たるかをご存知だったが、まだ三十歳前後の編集者だった私は、ほとんど新選組レベルでありました。

太夫は、島原の遊女の中でも最高位とされ、その名称は慶長年間、四条河原で島原の前身六条三筋町の遊女が女歌舞伎を催したとき、すぐれた遊女を「太夫」と呼んだことに始まったらしい。単に美しいというだけでなく、茶・花・詩歌・俳諧・舞踊・文芸などあらゆる教養を身につけていたという。そんなことも露知らず、仲居さんの「あんた尾車太夫はん」てな声の調子が耳にはりついて、知人にしばらくその真似を聞かせていたのだからおそろしい。

だが、あのときの昔風の燭台のあかりの中で、廊下のかなり向うの方からやって来る太夫の、衣ずれの音がまことに幻想的であったことを、私はあざやかに憶えている。いま認識をあらためて再度太夫のお点前を……などと思っても、いまの角屋は料亭としての営業を行っていないのだ。ついに爪がかからずに一生を終ることは数々あるのだろうが、角屋の味わいを満喫するというのも、私にとってそのひとつかもしれない。

## 芹沢鴨暗殺の現場、壬生屯所の畳間

そんな感慨をあとに、私は新選組壬生屯所旧跡（八木家）へ向った。壬生の屯所は、芹沢鴨暗殺の現場である。

芹沢鴨の狼藉は枚挙にいとまがなかったが、その中で際立っているのが〝お梅事件〟だ。お梅は、芹沢鴨のところへ借金の催促に来た、四条堀川の呉服商菱屋太兵衛の妾だった。番頭などは脅して帰したが、さすがの芹沢鴨も女の催促人とあっては閉口し、最初は居留守をつかった。するとお梅はやがて「それでは待たせていただきます」と、中間部屋で待つようになった。お梅は、「皮膚が蚕《かいこ》のように白く、ゆたかな耳たぶにあざやかに血の気がさしている」ようないい女で、ちょっと立話をした土方歳三が、その魅力に興奮した自分の動悸を抑えるため、すさまじい荒稽古で隊士をへきえきさせたくらいだった。

だが、そのうち土方は、「芹沢鴨が、白昼、訪ねてきたお梅を居室で押し倒し、くびを締め、動かせぬようにして犯した」という話を、沖田から聞くことになる。「お梅の悲鳴はたれもきかなかった。お梅は堪えたのである。余人に、この屈辱の場面を知られることを恥じたのであろう。

（事が哀れすぎる）

借金をとりたてにきて逆に操を奪われてしまうなどは、滑稽を通りこして、悲惨であった。歳三が腸の煮えるような思いで、芹沢を斬ると決意したのはこのときである」、作者はそう綴っている。

《ところが、お梅は、毎日、日暮れになるとやや濃すぎるほどの化粧をし、髪を近頃はやりのつややかな松葉返しに結いあげて屯所へあらわれるようになったのである。隊士のはなしでは、芹沢の部屋で伽《とぎ》をして、朝には帰ってゆくという。これをきいたとき、歳三は、お梅に嬲《なぶ》られたか、と思った。女とは、所詮わからない。（略）

当夜がきた。

日暮れ前から、角屋で女を総揚げにして騒ぎ、戌《いぬ》の刻の拍子木が聞えるころには、副長助勤尾形俊太郎などは剣舞の途中で折りくずれて高いびきで寝てしまうほどに、どの男も酔った。平素酒をのまない近藤までが酔った。酔うふりをしたのであろう。

この日は夕刻から雨がふっていたが、夜に入って植込みをたたく雨脚が強くなり、宴の果てるころには嵐になった。

「芹沢先生、帰れますかな」

と近藤が真顔になって案じたほど、芹沢は酔いつぶれていた。（略）

午後十時すぎから、雨があがった。窓からのぞくと、雲がみえる。月が出はじめているのである。

「土方君、行こう」

羽織をぬぎ、たすきをかけた。足は、はだしである。一同、ひそかに前川屋敷の裏門から出ると、一気に道路を横切り、八木屋敷の玄関におどりあがって、ふすまを蹴倒し、真暗の屋内に突入した。

沖田が真先に芹沢の部屋にとびこむと、西側の窓からわずかに月が射していた。沖田が一瞬たじろいだのは、芹沢が裸形のままであったからだ。情交のあとすぐ寝入ったのか、下帯もまとわず、その横で、お梅が掛けぶとんをはねのけて寝みだれている。長襦袢は着ていたが、白い脚が、ほとんどつけ根までみえた。

沖田の刀が一閃してから、この殺戮がはじまった。

右肩を割られた芹沢が、

「わっ」

と起きあがって、刀をつかもうとしたが、ない。あきらめたか、芹沢はふすまを体で押し倒して隣室にころがりこみ、その背後を原田左之助が上段から斬りさげたが、刀が鴨居にあたって、芹沢はあやうくのがれ、そのまま泳ぐようにして廊下へ出た。

廊下に、文机《ふづくえ》があった。

ぐゎらりと転倒し、両手をついてやっと体をささえた芹沢の背から胸にかけて、土方歳三の一刀が、氷のような冷静さでゆっくりと刺しつらぬいた。

このあいだに、お梅は、声もたてず、虫のように刺し殺された》

『新選組血風録』の文章の描写と、案内をしてくれた人の語りとの微妙な差に、むしろ惨劇のすさまじさが感じられるようだった。とにかく、芹沢鴨暗殺は、だいたいこんなふうだったのだろう。芹沢鴨は〝病没〟とされ、事件の翌々日の葬儀で、近藤勇は長文の弔辞を朗読した。「読みながら声はしばしば涙でとぎれた。事実、近藤は、胸奥からあふれてくる感動をおさえかねたのであろう。この弔文を読みおわる瞬間から、新選組の組織はかれの手に落ちることを知っていたからである。結党以来、半年のことであった」と、このくだりを書きながら、作者の心は近藤勇から離れ、お梅に屈折した思いを抱いた土方歳三へとかたむいていった。ここで作者は、お梅に気を向ける土方歳三像をつくっている。土方歳三への思い、近藤勇との袂別《べいべつ》……。その点で、この場面の意味は大きい。私は、勝手にそんな思いをもてあそんだ。

そして、あまりにも類型的な〝悪役〟像をつらぬいている芹沢鴨と、ただ愛慾のためというよりも、芹沢の奥底にある何かを好きだったのではないかと想像したいお梅の二人に、いま私の気持は傾斜している。この二人、いま少し奥をのぞいてみたいところだ。

それにしても、惨殺の現場が寸法通り残っているというのも妙なものだ。案内人の語りと記憶の中の『新選組血風録』をたよりに、芹沢鴨が逃げた足どりを辿っている自分は何なのだろうという思いが、タクシーへ乗り込むまで頭に貼りついていた。

## 伊東甲子太郎暗殺の場所・木津屋橋跡を踏む

芹沢鴨の真反対から、近藤勇や土方歳三に対立したのが伊東甲子太郎《かしたろう》であり、この人物もまた興味深い。伊東は、芹沢鴨を駆逐してようやく近藤勇を中心とした組織として成立した新選組に、微妙な影をおとしてくる人物である。鉄の規律たる局中法度により、規律違反で斬られた隊士は数知れず、〝斬る〟ことに馴れさせるため、介錯もまた隊士が行うという時間の中で、隊士の心の中にくすぶりつづける何かが生じていたのは、想像に難くない。

元治元年（一八六四）十月末、江戸へ下った近藤勇による新隊士募集に応じて入隊したのが、伊東甲子太郎だった。芹沢鴨暗殺の翌年のことである。

伊東甲子太郎は、常陸志筑《ひたちしづき》の脱藩者で、北辰一刀流の道場をひらいていた。彼は、当時はやりのインテリ勤皇攘夷論者だった。この伊東甲子太郎が、一党を率いて参加したのだから、とりあえず近藤勇にとっては力強い。だが、考え方のちがう伊東甲子太郎が、なぜ新選組に入隊したのか……それは、近藤の頭にはじめからトゲのごとく突き刺さっていた疑惑にちがいない。しかし、このころ新選組は絶頂期にあり、その疑惑は内側にくるみ込まれていたのだろう。

新選組は、局長近藤勇、副長土方歳三、参謀伊東甲子太郎という編成、西本願寺を本営としていた。こんな中で、やはり伊東甲子太郎一派による分離工作が、着実にすすめられていった。それが表面化したのは慶応三年（一八六七）、伊東甲子太郎が入隊して丸二年になる頃だった。

近藤勇に分離を承知させ、伊東甲子太郎は一派を連れて新選組を出て行った。その中に斎藤一がおり、彼は近藤、土方によって送り込まれたスパイだった。一方、隊内に残った伊東派もいて、この連中をめぐってひと事件がもちあがる。そのひと事件のあと、伊東甲子太郎が近藤暗殺を計画しているという情報が、斎藤一からもたらされた。ならば殺られる前に殺る……こうやって、土方歳三による伊東暗殺計画が、逆にねり上げられたのだった。

このやり方もまた芹沢鴨のときと同じ、酒に酔ったところを狙うという近藤、土方流だった。

まず、斎藤一が伊東甲子太郎を七条醒ヶ井興生寺よこの近藤勇の妾宅へ呼び出す。そこには土方らが集っていて、酒宴の真っ最中だ。すすめられるままに飲んでいるうち、伊東はすっかり酔ってしまい、帰りみち、槍で顎を刺しつらぬかれた。殺害のあと、伊東の死体をおとりにして七条油小路に置いておいた。そこへおびき出された伊東派と新選組の闘いが、有名な油小路の激闘である。

「伊東は、酔いをさますために駕籠をもちいず、左手に菊桐の紋入りの提灯をさげ、右手を垂れていた。凍るような寒夜であったという。折りから十六夜の月が中天にかかり、伊東の目の前にうかんでいる東山の影をクッキリと輪廓づけていた。木津屋橋を東に渡るときに、伊東は謡曲をひくく吟じた。『竹生島』であった。橋を渡ると、左側は草原。右側は、ちかごろの火事で焼けて、ところどころに普請場の板がこいがしてあった。伊東は、なおも酔っていた。ふらり、と、その板がこいに足がよろめいたとき、いきなり板のスキ間から三間柄の長槍が突きだされた。伊東の口から、謡の声がやんだ。提灯が地に落ちてめらめらと燃えはじめた。右肩から咽喉にかけて、ずぶりと突き刺されたまま、伊東はじっと立っていたのである。槍に吊りあげられているような恰好だった」と、『新選組血風録』の文章はながれている。

　私は、興生寺よこあたりから、伊東甲子太郎が歩いたあとを辿ってみた。川が埋め立てられて大通りとなっており、往時をしのぶのはむずかしかったが、酔って歩いた距離や、板がこいから槍が突き出されるあたりの見当はついた。想像していた通りの距離感だった。だが、そこから七条油小路へ死体をはこんだというのは、思いのほか長い距離のように感じられた。

伊東甲子太郎が、単身で近藤の招きに応じたのは、「久しく侃諤《かんがく》の説に餓えている。いちど、高話をうかがいたい」という近藤勇の書状を、知性に対する自信から本気と思ってしまったのと、剣客としての自信のためだと、『新選組血風録』には書かれている。

この二つの油断と錯覚もふくめて、私は奇妙にこの伊東甲子太郎に惹かれる。また、伊東甲子太郎暗殺のからむ「油小路の決闘」という項の、耳を洗う癖のある篠原泰之進という男も好きである。それに、芹沢鴨とお梅の関係も……私はそんなことを思いつつ、かつて初めて上洛した浪士隊の面々のごときお上りさんの物腰で、『新選組血風録』をたずさえて、都大路を右往左往していた。すると、この『新選組血風録』に次いで土方歳三を主人公とした『燃えよ剣』を書いたあと、司馬遼太郎氏が新選組から離れていったのが、何となく分る気がしてきた。そして私はといえば、いまようやく、『新選組血風録』の主流派でない登場人物という迷路の中に、迷い込みそうな気配なのである。

# 『世に棲む日々』「維新の発火点」長州人の狂気と怜悧
八尋舜右

## 幕末、革命家を輩出した萩の町の寛闊な風景

吉田松陰の生家跡に立っている。

昨夜来はげしく吹きあれた春の嵐もようやくおさまり、雲の切れ間からときおり薄日がのぞく。杉家の墓地にある背後の林で、しきりに目白がさえずっている。

松陰の生まれたこの高台は萩市の東郊松本（現・椿東《ちんとう》）、麓に毛利家菩提寺の一つ東光寺のある護国山の中腹にひらけており、団子岩とよばれている。いま、跡地にはなにものこっていないが、吉田松陰は、天保元年（一八三〇）、この地で生まれ、叔父吉田大助の養子になるまでの五年間をすごした。

父杉百合之助は微禄の下士で、他人の草庵を借りて住んだこの家は、三畳の玄関に六畳と三畳が二間ずつ、それに小さな台所がついただけの小家で、ここに八人ほどの家族が同居していた。

いま百数十年の時をへだてて、わたしはその生家跡に立ち、松陰とおなじ風景をみている。ここからの眺望はすばらしい。わたしにとって萩は二度目で、二十数年まえ自転車にのって主な遺跡を巡ったが、もっとも印象的だったのが、この松陰生家跡からの眺めだった。

日本海にむかって一途にながれくだってきた阿武川は、河口のちかくでみずからはこんできた土砂にせきとめられて東西にわかれる。東流が松本川、西流が橋本川。旧毛利家三十六万石の城下町は、この両川にはさまれたデルタのうえにいとなまれた。

ここからはその旧城下町がすっぽりと眼下におさまる。長年にわたって各地の城下町を眼にしてきたが、萩の城下町ほど優美な景観をわたしは知らない。町の西北端の海中に無造作にほうりこまれた一個の西洋梨、それが指月《しづき》山だ。指月山はかつては砂州から孤立した海中の島山だった。

中国九ヶ国百十二万石の太守として、安芸広島に広壮な城をかまえていた毛利輝元は、関ヶ原の戦に敗れて防長二州に封じこまれ、萩の地にうつって、この指月山の麓の潮入地に大量の土砂を投じて城を築いた。

いまは石塁がのこるのみだが、写真でみる萩城は五層の天守をもつ、みごとな結構である。ただし、かつての居城である広島城の偉容にはおよぶべくもない。関ヶ原敗戦後、輝元はいちはやく隠居、幼年の息子秀就に家督をゆずり、薙髪《ていはつ》して幻庵と号した。萩城はいうなれば敗残の輝元の無念と寂寥のおもいのこもる城郭といっていい。

松陰が仕えた敬親（輝元から十三代目の藩主）に、もはや父祖があじわった屈辱や、幕府にたいする怨念などはなかったろう。松陰もまた長州一藩の過去の経緯などとはかかわりなしに、西欧列強の進出に対応するための国家改造を志し、一身を賭して変革の起爆剤たらんとしたのだった。

小さな窪地となっている生家跡にたたずんでいると、庭前に立ち城下をみおろすありし日の松陰少年のすがたが彷彿する。杉家は松陰が十九歳になった年、松本村の清水口に引っ越したが、吉田家の人となりながら、その後も松陰は折にふれて、この家ですごした。

それにしても、このようにのびやかで寛闊な景観をみて育った人間に、姑息な心情や暗く屈折した思想が宿るはずがない。松陰自身、

「自分は人の悪を察する能力もなく、ひたすら人の善のみをみて生きようとしている」

と語っているが、まさにそのような松陰の善性が、過激な言動をとったにもかかわらず、藩公や藩重役に信愛され、そしてなによりも藩内の多くの若者たちのこころを魅きつけたのだった。眼下に展がる整斉たる景観は、純粋な魂を抱き、生涯絶望することを知らず、あくまでおのれの変革の理念に忠実に生きた男の心象風景に、じつによくみあっている。

むろん、いまわたしが眺めている城下の景観が、松陰が眺めたそれとまったくおなじであるはずはない。しかし、多少の目障りな建造物を捨象し、いささか想像力をたくましくさえすれば、わたしたちは松陰とほぼおなじ景観を共有することができる。幕末はとおい戦国時代とちがい、自然や町の外容も、人びとのこころのうごき、思考のありようの基本も、現代のそれとあまりへだたりがない。時空感覚では、幕末はまさに指呼の間にあるといってよい。

といいつつも、この眠ったように穏やかな城下町が、百数十年まえ、燎原の火のごとく日本全土に燃えひろがった維新革命のエナージーの発火点となったとは、とても想像できない。しかし、それはまぎれもない事実で、この小さな城下町の松下村塾を火元に、火花が飛び散るように、若い有能な革命家たちが動乱の舞台に飛びだしていったのだ。

## 司馬さんが描いてみせた長州人の「狂」の思想

司馬遼太郎さんの『世に棲む日日』は、昭和四四年二月から翌四五年末まで「週刊朝日」誌上に連載された。わたしが朝日新聞社に中途入社したのも、ちょうどそのころで、ベトナム戦争は泥沼化し、安保反対運動、赤軍派による日航よど号ハイジャック、三島由紀夫の腹切り等々、ラジカルな事件に揺れる激動の季節だった。百年まえの革命家像を描いた『世に棲む日日』を人々はさまざまなおもいで読んだ。

この長編が完結すると、司馬さんはひきつづき翌四六年正月から同誌上で『街道をゆく』の連載をはじめ、やがてわたしもその編集陣の末端に加わり、司馬さんの謦咳に接する幸運に恵まれることになる。

司馬さんの長州路の取材の旅は、下関を振り出しに、三田尻、山口へいき、そのさきから石州の津和野、益田へ外れ、最後に萩の吉田稔麿にふれて終っている。

わたしたちは、まず小郡から国道九号線をはしって山口にむかい、湯田で創業二百年余を誇る松田屋に寄った。京から長州に落ちた七卿の三条実美らが一時逗留した温泉宿である。建物は建てかえられているが、入り口は和風にしつらえ、築地塀がめぐらしてある。ここから二百メートルほど東に旧道がはしり、袖解《そでとき》橋がある。あるとはいっても橋のかたちはなく、幅二メートルほどの溝のうえを道がまたいでいるだけである。室町のころ、中国一円に勢威を張った大内氏の館が山口にあり、館を訪ねる諸士はこのあたりで旅装を解き、威儀を整えて参殿したところから、この名がついたという。

橋のいわれはともかく、維新の功臣の一人井上馨が山口の政治堂で武備恭順の熱弁をふるった後、湯田の家に帰る途中、刺客に襲われ膾《なます》のごとく斬り刻まれた現場が、この橋の袂だった。おそらく当時は郊外の茅薄《かやすすき》の生い茂る路だったのだろうが、現在は町なかの四辻となり、溝わきに「井上馨遭難之地」の石碑が立つのみである。

いまは県庁となっている山口の旧政治堂跡を訪ねたのち、一路萩をめざした。二六二号線をはしる眼下に、かつての萩往還が右に左にみえかくれする。攘夷決行後、列強艦隊の反撃に遭い、進退に窮した藩庁が急遽、萩の自宅で謹慎中の高杉晋作を山口の政治堂によびだした。晋作は萩往還を七時間で踏破し、藩公父子のまえで奇兵隊の創設を説き許可をとりつける。ここから歴史の針は急速にレボリューションへむけて加速する。とまれ、わたしたちは夕刻、小雨にけぶる萩に入った。

司馬さんは萩にはすくなくとも数回はいかれたらしい。はじめて訪ねたときには、べつに目的はなく、駅前でタクシーをひろうと「どこでもいい。道という道をぐるぐるまわってもらえないか」と頼んだという。いかにも司馬さんらしい。

《長州の人間のことを書きたいと思う》

『世に棲む日日』は、この一行からはじまっている。

書きたい長州の人間とは、まず松陰吉田寅次郎であろう。維新回天劇のリーダー役をはたした長州藩も、松陰が登場するまではただの一大名家だった。

G・B・サンソムは『西欧世界と日本』のなかで松陰について、その伝記をざっと読んだ印象では「当惑させられる性格の持ち主であり、愚か者で狂信的で無能な人物」としかおもえないとのべ、さらには、かれは「高邁な理想、雄大な構想、野心的計画で充満していたが、やることなすこと失敗ばかりで、それは帰するところ常識に欠けていたからであろう」と断じ「なぜ松陰があれほどまでに同時代人につよい影響をおよぼし、後世の人々からも法外の賞讃をうけたのか理解に苦しむ」と書いている。

サンソムは東京に在任したこともある日本通の英国外交官だが、西欧コモンセンスからすれば、たしかに松陰の行動は計画性に乏しく、結果は失敗と挫折の連続で、非常識な愚行としかみえなかったろう。行為の意味を単純に結果からのみ判断しようとするかぎり、松陰の思想と行動はまさに愚か者のそれだった。が、その愚直な人物が蹉跌を重ね、みずから狂気に等しいと知りながらも、いのちをすてて猪突猛進したとき、門下の若者たちは雷電にうたれたように大きな衝撃をうけ、変革の渦に身をおどらせたのだった。

　司馬さんは書いている。

《この顔のながい、薄あばたのある若者のどういうところがそれほどの影響を藩と藩世間にあたえるにいたったか、それをおもうと、こういう若者が地上に存在したということじたいが、ほとんど奇蹟に類するふしぎさというよりほかない》と。

　生家跡に隣接して松陰の実家・杉家の墓地がある。松陰の墓の周囲には、かれの意を体して草莽運動に挺身した弟子の久坂玄瑞、高杉晋作、前原一誠らの墓がよりそうようにならび、乃木希典が奉納した灯籠が立っている。石の角柱に灯明台を方形にくりぬいただけの素朴なかたちが、葬られている人、献灯した人の質朴な人柄をあらわし、墓地の雰囲気によくなじんでいる。

《革命の初動期は詩人的な予言者があらわれ、「偏癖」の言動をとって世から追いつめられ、かならず非業に死ぬ。松陰がそれにあたるであろう。革命の中期には卓抜な行動家があらわれ、奇策縦横の行動をもって雷電風雨のような行動をとる。高杉晋作、坂本竜馬らがそれに相当し、この危険な事業家もまた多くは死ぬ。それらの果実を採って先駆者の理想を容赦なくすて、処理可能なかたちで革命の世をつくり、大いに栄達するのが、処理家たちのしごとである。伊藤博文がそれにあたる。松陰の松下村塾は世界史的な例からみてもきわめてまれなことに、その三種類の人間群をそなえることができた》

この作品で、作家は詩人的予言者松陰と、その革命理念をみごとにひきついだ卓抜な行動家高杉晋作の活躍の軌跡をたどりながら、久坂玄瑞をはじめとする松陰門下の若き志士たちのひたむきに生きたすがたを赫奕《かくえき》たる筆致で描きだし、〝狂〟の思想と実践のありように明快な解釈を加えてみせることで、サンソムに代表される疑問にあざやかにこたえてみせた。

### 随所に史跡、遺構を散見できる城下の道筋

陽が射しているのにまた雨が降ってきた。いまでは死語になったが、〝狐の嫁入り〟ということばがあったっけ。なにやら晋作の艶な都々逸でもきこえてきそうな春の萩である。団子岩から坂を下ると松陰神社にでる。観光客が群れている。それでも二十数年まえにくらべて人の数は半分ほどであろうか。

「不景気ですからねえ」

案内をしてくれるタクシーの女性運転手がうなずいた。司馬さんは、しばしば「長州人は怜悧」と書いておられるが、この女人もじつに怜悧だった。むろん、いい意味でだ。同行のSさんとわたしが、多少歴史知識に通じているらしいと知ると、すぐにガイドの方針をかえ、必要最小限の説明にきりかえ、むだなおしゃべりをピタリやめた。さすがに近代国家建設の中枢をになった国の女人だけのことはある。

境内には松下村塾の建物と移築された松陰旧宅がある。なつかしい遺構だ。野山獄からでた後、実家にもどって謹慎した三畳半の幽囚の間、親しく門弟に講義した八畳間。いずれも劣悪ともいえる環境のなかで、師を敬愛し、切磋琢磨した当時の若者たちの真摯な姿勢が眼底に揺曳する。かつて、わたしの親炙した作家たち、大佛次郎、池波正太郎、司馬遼太郎らが庇の下にたたずみ、親しくのぞきこんだ〝維新革命発祥の家〟である。さびしいことに、お三方ともにいまは鬼籍の人となられた。

松陰神社のちかくには、司馬さんが愛した吉田稔麿の旧居があるが石碑が立つのみだ。足軽の子の稔麿は学問熱心で、松陰は「その識見は高杉晋作に似ている」と褒め、高杉晋作、久坂玄瑞、入江九一とともに四天王の一人に挙げた。被差別民による諸隊を組織したことでも知られるが、池田屋で新選組に斬られた。

松陰の叔父で松下村塾の基礎を築いた玉木文之進の旧居跡は、一時期は管理人が住んでいたというが、いまは無住となっている。二十数年まえにみた庭の松の木は枯れていた。

足軽から総理大臣にまで栄達した伊藤博文が十四歳から十三年間住んだ旧宅は、国指定史跡として現存する。茅葺平屋建で部屋数は七つ、風呂場と便所は別棟の典型的な下級武家屋敷である。松本橋の袂の品川弥二郎生家跡も空き地となり、石標だけが立っている。弥二郎も軽輩の松陰門下で、後に内務大臣になった。

これらの遺跡は萩でいう川外にあり、いずれも軽格の住居跡である。川内の松本川沿いの土原《ひじはら》には前原一誠、入江九一、山県有朋らの生家跡がある。下士の一誠は松陰の教えをもっとも忠実にまもった一人で、兵部大輔まで出世したが、新政府の政治に絶望し萩の乱を起こして刑死した。いま旧宅は松本川のながれを背負って門だけがのこっている。

川内の南西部、橋本川よりの平安古《ひあこ》の一角に、藩医久坂玄瑞の旧居跡がある。晋作と並ぶ松陰門下の星で草莽革命を志したが、禁門の変に戦死。二十畳ほどの空き地に大きな追悼碑が立っている。周囲に瓦を塗りこめた塀がのこっているが、おそらくこの一画が久坂邸だったのだろう。

旧御成道、いまの呉服町の通りから南に江戸屋横丁、伊勢屋横丁、菊屋横丁の三筋の小路がのびている。堀ノ内にのこる長大な石垣・長屋塀をめぐらした家老屋敷には遠くおよばないが、堀ノ内にちかいこのあたりまでくると、さすがに上級武士や大商人の家宅が多い。藩御用達商菊屋の白壁の屋敷がのこる小路の一隅に高杉晋作の生家跡がある。

高杉家は上士だが、家禄は百五十石であまり高くはない。現在の屋敷はかつての半分ほどになっているらしいが、中級武家屋敷の雰囲気をよくのこしている。晋作は天保十年（一八三九）に、この家で生まれている。父小忠太は謹直な人物で、暴れ者で知られた晋作も、この父と藩公にだけは生涯頭が上がらなかったが、最後の数年、そのしがらみをふりきって決起し、ついには藩も幕府もひっくりかえしてしまう。

司馬さんは書く。

《晋作ほどその生涯において、「狂」という言葉と世界にあこがれた男もまれであろう。かれ以外の人物では、かれの師匠の松陰がいるくらいのものであった。松陰はその晩年、ついに狂というものを思想にまで高め、「物事の原理性に忠実である以上、その行動は狂たらざるをえない」といったが、そういう松陰思想のなかでの「狂」の要素を体質的にうけついだのは、晋作であった。晋作には、固有の狂気がある》

晋作の屋敷のちかくには松陰に学びながら、およそ狂の精神ともっとも遠い生きかたをした木戸孝允の旧宅が国指定史跡として保存されている。玄関が二つ、部屋数十四、一部二階建ての整然とした住まいである。

萩の一日はけっきょく雨に見舞われどおしだった。菜種梅雨の名残でもあったろうか。雨のあいまをみて、城址から堀ノ内にかけて、下士の住宅が百戸以上も入りそうな広壮な国司信濃の屋敷跡などを訪ね、最後は御成道を東にぬけて松本橋をわたり、川ぞいに東萩駅まであるいた。司馬さんが好きだった菜の花が雨に洗われて黄金いろの鮮やかな花冠をゆらしていた。

萩城下は東西、南北ともに三キロほどで、中央部の旧藩校明倫館跡や北寄りの常念寺筋にある野山獄・岩倉獄へもぶらぶらとあるいていける。どの道筋をあるいても随所に史跡や遺構が散見でき、落ちついた城下町のたたずまいにふれることができる。

## 高杉晋作が決起した下関、長府をゆく

《私は日本の景色のなかで馬関《ばかん》（下関）の急潮をもっとも好む》

『街道をゆく』のなかで、司馬さんは書いている。

その急潮を脚下に望む赤間神宮の社務所で、宮司の水野直房さんに会った。

神宮の下にあった料亭「岡崎」に泊まり、宮司を訪ねた司馬さんは、会うなりにこにこしながら、いったという。

「赤間ヶ関でよかったのになあ。優雅なええ名前やがな。下関ではつまらん」

古来、この地は赤間ヶ関とよばれ、明治になってからも三十四年までは赤間ヶ関市だった。以後、下関市となったが、いまでも古老たちは赤間、馬関の呼称を好む。司馬さんも書いている。

《下関海峡というより馬関海峡とよぶほうが、潮の色までちがってくる》と。

このとき司馬さんを案内したのは直房さんではない。いまは故人となった先代の久直さんだった。わたしとほぼ同年の直房さんは当時三十半ばで、父の背後につきしたがって高名な作家の話を熱心に拝聴したという。

神宮の所在する一帯を阿弥陀町という。赤間神宮は壇ノ浦合戦で平家とともに滅んだ安徳天皇を祀り、もとは阿弥陀寺という寺だった。晋作が奇兵隊結成後、初の屯所としたのもこの阿弥陀寺だったが、明治に入ってからの廃仏毀釈で神社になった。諸藩の尊攘派志士に宿や資金を提供し、晋作の奇兵隊旗揚げ後は、その財産のすべてを投入して破産した馬関竹崎の豪商白石正一郎が、明治十年、この赤間神宮の初代宮司となり(正確には先任の官宮司二人がおり三代目だともいう)、三年後に、六十九歳で他界している。

司馬さんはこの正一郎を幕末の長州人のなかでもっとも清潔な一人に挙げ、

《赤間宮には、かれの碑もない。世間というのは、そういうものである》

と『街道をゆく』のなかに書いた。

いま、その正一郎の碑がある。社殿の背後にそびえる紅石山の西の一隅、海峡を眼下に望む木立のなかに、その碑は立っていた。昭和五十四年、没後百年を記念して建てられたもので「白石正一郎資風大人奥都城《おくつき》」と刻まれた質素な碑である。

豪壮な白石邸の浜門があったあたりは現在の竹崎三丁目で、中国電力のビルになっており、一九一号線に面して「白石正一郎宅跡」の石碑が立つ。

関門大橋ちかくの御裳川公園内に、海峡にむかって一基の大砲がすえられている。

ここは壇ノ浦砲台のあったところで、文久三年（一八六三）の攘夷戦の舞台となった。このとき使われた砲のほとんどは破壊されたが、上陸した仏軍に鹵獲《ろかく》された大砲がパリの軍事博物館に保管されているのを、下関の作家古川薫さんが発見され、熱心に運動された結果、貸与された。

晋作にとって下関は、ことのほか縁がふかかった。この地で奇兵隊を組織し、また遊撃隊をひきいて俗論党政府打倒の狼煙をあげ、四境戦争では海軍総督として馬関口攻撃の指揮もとった。その間に肺患を悪化させ、二十八歳で瞑目したのも新地にある酒造家林算九郎邸であった。むろん、大いに遊興し堺屋の芸妓おうのを身請けもしている。下関に着いた夜、かつての遊廓街だった豊前田《ぶぜんだ》のあたりにでかけてみると、街路に「晋作通り」のネオンがあかあかと輝いていた。

前田砲台のあったあたりから山ごえに長府へ入る旧街道筋に功山寺はある。曹洞宗の古刹で、巨樹におおわれた豪壮な山門をくぐると、国宝の仏殿が鎌倉期の唐様建築の典雅なたたずまいをみせている。ここに一時、三条実美ら京から落ちてきた尊攘派の五卿が仮泊していた。五卿が起居した庫裏は五十畳ちかい広さで、座敷から池泉をあしらった美しい庭が眺められる。

元治元年（一八六四）師走の十五日夜半、おりからの雪をはねて、遊撃、力士両隊をひきいた鎧兜すがたの晋作が五卿に出陣のあいさつにあらわれた。眠りをさまされた五卿は、事情もよくわからぬまま、冷や酒に煮豆をそえて供応したという。出陣の趣意をのべると、晋作は下関へむかって進撃した。

《晋作は、一個の芝居作者であった。舞台というのはかれ自身の人生が、それである。それへ筋を書き、演出までし、しかも役者はかれ自身であった。筋ははげしく劇的であらねばならぬと思っていた》

決起にあたり晋作は死を覚悟し、大庭伝七あての手紙にこう書いた。

「自分が馬関で死んだら、墓の表には、故奇兵隊開闢総督高杉晋作、裏には毛利家恩顧臣高杉某嫡子也と刻むよう」にと。さらにこうもつけ加えている。

「死後には墓前にて芸妓をあつめ、三絃など鳴らしてお祭りくださるよう頼みたてまつりそうろう」

晋作はけっきょく胸の病をこじらせて死んだが、死の直前まで酒楼にいきたがった。

下関から東北に二十数キロ、吉田の赤松の美しい清水山の麓に東行庵がある。ここには晋作の墓のほか、妻雅、梅処尼（おうの）、高杉家代々の墓もある。

「動けば雷電の如く、発すれば風雨の如し……」

みあげるばかりに巨きな顕彰碑に、伊藤博文の撰文が刻まれている。

「生とは天の我《い》れを労するなり。死とは天の乃《すなわ》ち我れを安んずるなり」

わずか二十七年と八ヶ月の人生だったが、晋作は天のあたえた脚本を演じきり、舞台を降りた。

東行庵の空で風が鳴っている。

第七章

# 司馬遼太郎記念館に託した「想い」

上村洋行
司馬遼太郎記念館館長

## 司馬遼太郎が好きだった街に

司馬遼太郎記念館は、東大阪市の住宅街の一角にあります。大阪の市街地が大阪湾から東の生駒山に広がってゆく、ちょうど中間、河内平野の真ん中に位置します。司馬遼太郎は街のざわめきが直に感じられる庶民的なところが好きで、この街に居をかまえました。記念館はその自宅と隣接地に建つ安藤忠雄さん設計の建物で構成されています。

庭は、司馬遼太郎が好きだった雑木林の雰囲気で、クス、シイ、クヌギ、カエデ、ヤマモモ、エゴノキなどの樹木、バラ、ボケ、ヤマツツジ、ツバキ、ヤマブキ、アシビ、クチナシなどの花木、ツユクサ、タンポポ、ナノハナ、ツワブキ、カタクリ、ムラサキシキブなどの草花が四季の風景を演出します。

安藤さんは「この緑が司馬さんの残された資料や蔵書を守る」と言われて新しく設計された記念館周辺にもこの庭木を延長し、見事に造形化されました。地下一階、地上二階建てのコンクリート造り（延べ床面積約一〇〇〇平方メートル）で、緩やかな曲線を描いて雑木林の中にたたずんでいます。記念館に来られた方は、どうぞこの庭を歩いてください。小さな庭ですが四季の雰囲気が楽しめると思います。

その中に書斎があり、窓越しですが間近に見ていただけるようにしました。生前のままに保存されていて、周りの書棚には未完のまま終わることになった『街道をゆく――濃尾参州記』の参考資料が収まっています。机は斜めに向かって執筆できるように変形になっていて、その上は自らきちんと整理し、いつでも書き出せるように原稿用紙がおいてあります。書斎の前の庭にはヒューム管が置かれ、その中でツユクサやナノハナが季節に花をつけます。

このあたりから記念館へのエントランスである長いガラスの回廊が続き、司馬遼太郎の創造空間をイメージする〝もうひとつの書斎〟が広がります。

大きく、収蔵、展示、情報発信（ホール）の三つのスペースに分かれます。展示といっても、例えば直筆原稿や手紙、色紙……といった展示品だけではないのです。この記念館はそういう意味では変わっています。

その代表が大書架。高さ一一メートルの壁面いっぱいに書棚がとりつけられ、二万余冊もの蔵書がイメージ展示されます。自宅には調査をしたわけではありませんが、自著本なども含めて六万冊ほどの本が収まっています。けっして多い方ではありませんが、それでも玄関、廊下、書斎、書庫と家の中は本だらけ、といった様相です。

この雰囲気が大書架につながります。設計をお願いしたとき、安藤忠雄さんの「司馬さんと言えば本ですね」という連想が、とてつもない書架となって実現しました。

三層吹き抜けの壁面が本で埋まる。すごい構想だと思いました。完成すれば、直筆原稿や色紙といった展示品だけの記念館とは違う、資料館にふさわしい空間が出現するのではないかと興奮を覚えました。

同時に、不安感も持ちました。この膨大な書棚をどう埋めるのか。自宅の蔵書の半数をそっくり移動すれば、簡単に解決します。でも、そうはいかなかったのです。

蔵書はいわば司馬遼太郎の頭脳の延長上にあります。メモ書き、鉛筆の傍線、付箋などのついた本は作家の創造の過程をたどる参考になるのではないか。記念館の構想が浮かんだころから、蔵書は移動させるべきではないと考え、そのまま保存することにしていました。

大書架への本の収納は難問でした。ただ本を並べればいいというものではありませんん。司馬遼太郎の精神を感じ取ってもらう本となると、蔵書しかないわけです。でも、自宅からは移せない、となると、さて、と困ってしまいます。論議の末、写真パネルやレプリカではそぐわない、ということになり、古書店から同じ本を購入することにしました。

とはいっても、古書市場で同じ本がそっくり購入できるとは限らないし、第一、資金面から見ても無理な話でした。結局、時間をかけて購入できる範囲で無理をせず集めることにし、自宅から移動しても影響のでない蔵書、自著本、さらに、自宅からは み出して保管されていた本などを持ち込むことにしました。

さらに、本の重量に耐えられるように、また地震対策という考えから、書架の高所には部分的に本のケースのみを配置しました。これでほぼ自宅の蔵書イメージを展示することができました。

自宅の蔵書風景も知ってもらうために、ハイビジョンで撮影した映像を館内で流します。イメージをこれで補完していただけると思います。

収納作戦は大変でした。書斎、応接室、玄関、廊下……それぞれの場所ごとに分かれて収まっている本を展示しようとしましたから、学芸担当のスタッフや展示を担当する会社の皆さんで蔵書の収納場所を図面にトレースすることからはじまりました。

ヤマ場は九月中旬、二週間かけての収納作業でした。それまでに手の届くところはスタッフが少しずつ収め、この期間に高所をいっきに埋めていきました。

何しろ高さ一一メートルですから、足場を組んでの作業です。高所は建築を担当した銭高組の協力でとび職の専門家が収めてくれました。

七月中旬、大書架が立ち上がったとき、見上げてその偉容に驚いたものでした。でも、本がびっしりとつまり、その存在を主張し始めると、新たな感動を覚えました。

魂がはいるということは、こういうことなのか、と改めて思ったものでした。

書架の背後には高さ六、七メートルの開口部を持つ白いステンドグラスがはいっています。ステンドグラスで白色は珍しいでしょう。自然や光をうまく取り入れられる安藤さんは、この建築でもユニークな素材を導入されました。庭の緑を集めて光が差し込む、これを安藤さんは、司馬さんの希望の光だと、イメージされました。

この書架の前に立って見上げた来館者から「司馬さんの創造空間に入り込んだような感覚になりますね」という声をお聞きしました。

同じフロアには直筆原稿や色紙、あるいは愛用していた万年筆などが展示されています。推敲に推敲をかさねた色鉛筆の跡が残る原稿からは、執筆当時の雰囲気が漂ってきます。

もう一つ、今後の記念館活動の要になるかもしれない存在に、ホールがあります。約一五〇席の小ホールですが、落語会、読書会、さらにはユニークな楽器の演奏会などを企画してふれあいの輪を広げ、新しい文化のネットワークの構築をめざします。

建築というのは育っていくものだ——。

安藤さんは、建築中の現場で、授業を持つ東大の学生らを前にこう言われました。

書棚が下の方から順番に組み上がっていく様子を日々見つめ、さらに本が収まっていくと、建築が育っていくということがよくわかりました。それに、私たち自身も育たねばなりません。その意味でこの記念館はまだ完成していないのです。情報発信装置としての記念館活動を通じて〝完成〟をめざそうと思っています。

同時に記念館のことを改めて考えています。記念館を建てる、と言えば司馬遼太郎は言下に否定したでしょう。両親を学生時代に亡くした私は、そのまま居候のかたちで姉夫婦の家、つまり司馬遼太郎の家で結婚までの日を過ごしました。生活をともにしたおかげで、少しは義兄の気持ちがわかる自分としてはこのことが最初に頭に浮かびました。ならばなぜ、と思われるでしょう。

実は、現在の自宅を建てたさい、司馬遼太郎は「将来、ここを資料館にすればいい」という意味のことを言っていました。それを実現したいと考えました。

ですから、個人を取り上げるというより、作品を主題にし、残していった資料、原稿、手紙などを一元管理できる資料館、いわゆる展示中心の展開ではなく、何かを感じ取ってもらえるような場が提供できれば、と思っています。

また、この記念館は皆さんとともに建てる、つまり文化を共有するという観点から建設しました。建設にあたって募金を呼びかけましたのも、その一環でした。むろん自己資金だけではまかなえなかったからではありますが、広く多くの人々の参画意識から新しいコミュニケーションが生まれ、文化の向上に寄与できれば、と願ってのことです。

厚意を寄せてくださった八〇〇〇人を超える個人、さらに企業、団体と多くの皆さまのおかげで開館をむかえることができました。感謝いたしますとともに、このことをしっかりと受け止め、コミュニケーションを大切にした記念館をともに育てていくことができれば、と願っています。

雑木林の木立、書斎、ガラスの回廊、自宅内部のハイビジョン映像、白いステンドグラス、高さ一一メートルの大書架……。これらすべてが展示であり、この空間で、司馬作品と対話、あるいはご自身と対話する。そのとき、来館された方々それぞれに何かを感じ取っていただければ、司馬遼太郎の想いを皆さんにお伝えできたと思います。

司馬遼太郎は福田みどりとともに自宅の周辺を散歩しておりました。コーヒーを飲み、そばを食べ、散髪に行く……。この街の多くの人たちはそんな二人の姿をほほえましく見守ってくださいました。記念館をここに建てたのもそのためです。記念館の周辺もぜひ歩いてみてください。

（司馬遼太郎記念館＝大阪府東大阪市下小阪三－一一－一八　Tel〇六－六七二六－三八六〇）

# 著者略歴（掲載順）

**豊田 穣（とよだ じょう）**
一九二〇年、満州生まれ。海軍兵学校卒業。四三年、ソロモン方面イ号作戦で愛機を撃墜される。戦後、中日新聞記者を経て作家。『長良川』で第六四回直木賞受賞。『蒼空の器』『空母信濃の生涯』『海軍特別攻撃隊』などの戦記小説のほか『人間機関車・浅沼稲次郎』といった伝記小説なども手掛けた。九四年逝去。

**池田 清（いけだ きよし）**
一九二五年、鹿児島県生まれ。海軍兵学校を卒業し、「摩耶」「武蔵」を経て「イ四七潜」に乗艦。戦後、東京大学法学部を卒業。大阪市立大学法学部教授、東北大学法学部教授（名誉教授）、青山学院大学国際政経学部教授を歴任。著書に『日本の海軍』『海軍と日本』、訳書にJ・ジョル『ヨーロッパ一〇〇年史』がある。二〇〇六年逝去。

**半藤一利（はんどう かずとし）**
一九三〇年、東京都生まれ。東京大学卒業。文藝春秋に入社、各編集長、出版局長、専務取締役などを歴任。在職中から執筆活動を始め、『漱石先生ぞな、もし』で新田次郎賞を受賞。著書は『聖断』『日本のいちばん長い日』『レイテ沖海戦』『ノモンハンの夏』『「真珠湾」の日』『永井荷風の昭和』『戦う石橋湛山』など多数。

**川村 湊（かわむら みなと）**
一九五一年、北海道生まれ。企業勤務ののち、八二年から八六年まで韓国の東亜大で日本文学と日本語を教える。「歩く文化人」として知られ、文芸時評や書評を通じて文化の最前線をウオッチ。法政大学国際文化学部の初代部長。著書に『異郷の昭和文学』『言霊と他界』『批評という物語』『満洲崩壊―「大東亜文学」と作家たち』などがある。

**孫 正義（そん まさよし）**
一九五七年、佐賀県生まれ。八〇年、アメリカ・カリフォルニア大学バークレー校を卒業。八一年、株式会社日本ソフトバンク（現ソフトバンクグループ株式会社）を設立、代表取締役社長に就任。以降、ベンチャービジネスの革命児として、第一線を走り続ける。現在、ソフトバンクグループ株式会社代表取締役会長兼社長。

**童門冬二（どうもん ふゆじ）**
一九二七年、東京都生まれ。東京都庁企画調整室長、政策室長などを歴任。七九年に退職し、作家として独立する。人間管理と組織運営の実学を歴史のなかで検証する手法を確立した。著書は『小説上杉鷹山』『偉物伝』『心そだて』『吉田松陰』『名将に学ぶ人間学』『前田利家とまつの生涯』『将の器参謀の器』『小説中江藤樹』など多数。

**松本健一（まつもと けんいち）**
一九四六年、群馬県生まれ。東京大学卒業。法政大学大学院在学中の七一年に『若き北一輝』で注目される。日本の近代とアジアの近代を比較研究する。現在を「第三の開国」と称し、日本の直面している政治と思想について論じた。著書は『「第三の開国」の時代に』『思想としての右翼』など多数。二〇一四年逝去。

**有吉伸人（ありよし のぶと）**
一九六三年、山口県生まれ。京都大学文学部卒業。八六年、NHK入局。熊本放送局を経て、九〇年よりNHK番組制作局で「クローズアップ現代」「プロジェクトX挑戦者たち」などの製作に従事し、教養番組チーフ・プロデューサーとして「ETV2001」を担当した。

**村井重俊（むらい しげとし）**
一九五八年、北海道生まれ。八三年早稲田大学法学部を卒業し、朝日新聞社入社。「週刊朝日」編集部、「アサヒグラフ」編集部を経て、八九年出版局大阪本部に異動、司馬遼太郎の編集担当となる。

**吉岡 忍（よしおか しのぶ）**
一九四八年、長野県生まれ。早稲田大学政治経済学部中退。大学時代にベ平連ニュースの編集に参加。八七年、日航機墜落事故をテーマにした『墜落の夏』で、講談社ノンフィクション賞受賞。著書に『「事件」を見にゆく』『ルポ教師の休日』『日本人ごっこ』『路上のおとぎ話』『エイズの表情』『月のナイフ』など。

**村松友視（むらまつ ともみ）**
一九四〇年、東京都生まれ。慶應義塾大学を卒業。中央公論社で文芸誌の編集に携わる。八一年、退職して作家に。八二年、『時代屋の女房』で直木賞受賞。九七年、『鎌倉のおばさん』で泉鏡花文学賞受賞。著書は『私、プロレスの味方です』『夢の始末書』『俵屋の不思議』『河童の屁』『鰻の瞬き』『黒い花びら』など多数。

**八尋舜右（やひろ しゅんすけ）**
一九三五年、平壌生まれ。早稲田大学文学部を卒業。出版社勤務を経て、七一年朝日新聞社入社。図書編集室長などを務め、九四年退社し作家となる。著書は『北条時宗』『志士たちの朝』『良寛』『小説立花宗茂』『森蘭丸』『慶喜残暦』『毛利元就』『坂本龍馬』『高杉晋作』『軍師竹中半兵衛』『長耳の人―徳川吉宗』『空海』など多数。

**上村洋行（うえむら ようこう）**
一九四三年、大阪府生まれ。同志社大学を卒業後、六七年に産経新聞社に入社。社会部記者、文化部次長、メディア報道部長、京都総局長を経て、九六年編集局局次長（夕刊担当編集長）に就任。九八年より司馬遼太郎記念財団に出向、専務理事。現在は、司馬遼太郎記念館理事長、館長を兼任。実姉は司馬遼太郎夫人の福田みどりさん。

小学館文庫プレジデントセレクト

好評発売中！

本や新聞の読み方、情報整理術など
池上流ノウハウを全公開！

# 考える力がつく本

著者はなぜ、突発的なニュースでも素早く事件の本質を見抜き、常に良質な解説を続けられるのか。新聞、テレビ、インターネットの見方、本の選び方と読み方から「物事を深く考えるコツ」を伝授する。

池上 彰 著

定価：本体700円＋税

ISBN978-4-09-470020-6

——本書のプロフィール——

本書は、二〇〇一年一一月にプレジデント社より単行本として刊行された同名作品を改稿して文庫化したものです。

小学館文庫プレジデントセレクト

# 司馬遼太郎《しばりょうたろう》がゆく

著者　半藤一利《はんどうかずとし》、山折哲雄《やまおりてつお》、童門冬二《どうもんふゆじ》 ほか


二〇一八年六月十一日　初版第一刷発行

発行人　菅原朝也
発行所　株式会社 小学館
〒一〇一－八〇〇一
東京都千代田区一ツ橋二－三－一
電話　販売〇三－五二八一－三五五五
編集（プレジデント社）
〇三－三二三七－三七三二
印刷所――――凸版印刷株式会社




この文庫の詳しい内容はインターネットで24時間ご覧になれます。
小学館公式ホームページ　http://www.shogakukan.co.jp



ISBN978-4-09-470022-0